JN114807

二度と家には帰りません！
I'll Never Go Back to Bygone Days
4
Author みりぐらむ
Illustrator ゆき哉

グレンアーノルド
Glenarnold
クロノワイズ王国の王弟であり、
チェルシーの婚約者。
チェルシー
Chelsea
グレンと婚約した
特別研究員の少女。

ミカ
Micah
チェルシーの
専属料理人。
ロイズ
Royz
ラデュエル帝国の
現皇帝。

わたしと伝達の精霊が
会話しているのが気になっていたようで、
ついに大きな鳥は「キュルキュル？」と鳴いた。
『ぼくはでんたつのせいれいだよ。
まだ名前はないよ。きみは？』
『キュルキュルキュル』
『シームルグっていうんだって』
大きな青い鳥……シームルグがうんうんと頷く。

Author
みりぐらむ
Illustrator
ゆき哉

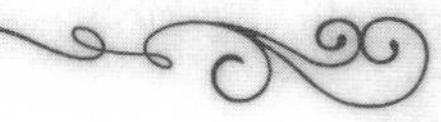

Characters

I'll Never Go Back to Bygone Days!

登場人物紹介

グレン
Glenarnold

賢者級の【鑑定】スキルを持った、
ユーチャリス男爵家へ鑑定に訪れた青年。
虐げられていたチェルシーの存在を知り、
手を差し伸べる。

チェルシー
Chelsea

母や双子の妹に『出来損ない』と
虐げられていた令嬢。
新種の希少スキル【種子生成】に目覚め、
スキル研究所へやってきた。

エレ
Ele

チェルシーがスキルで
生み出した『原初の精霊樹』
から顕れた精霊王。
チェルシーを主として
契約を交わす。
普段は子猫の姿を
している。

Royz

ラデュエル帝国の皇帝へと返り咲いた
竜人の獣族。チェルシーが挿し木した精霊樹により、
火の精霊アイリーンと契約した。

Micah

ラデュエル帝国で出会った狐人の獣族。
料理がとても得意で、チェルシーの専属料理人として
クロノワイズ王国へやってきた。

World Map
世界地図

もくじ

番外編

I'll Never Go Back to Bygone Days!

プロローグ

I'll Never Go Back to Bygone Days!

わたしの名前はチェルシー。

サージェント辺境伯の養女で、クロノワイズ王国の王弟であり国が認める鑑定士でもあるグレンアーノルド・スノーフレーク殿下の婚約者。


十二歳の誕生日を迎えたある日、とある男爵家で虐げられながら暮らしていたわたしのもとに、グレン様が、スキルを鑑定しに来てくださった。

そこでわたしは新種のスキル【種子生成】に目覚めたと告げられて、王立研究所の研究員として迎えられることになる。

それから驚くことがたくさん起こった。

精霊を統べる王エレメントとの契約、公爵令嬢の命を救ったことで王立研究所の特別研究員への昇格、男爵令嬢からサージェント辺境伯の養女にもなった。

そして、西隣にあるラデュエル帝国からの要請により精霊樹を挿し木したあと、想（おも）いが通じ合った結果、グレン様と婚約することになった。

婚約発表を行ってから二カ月後、わたしたちはとある目的のため、クロノワイズ王国を離れ、西隣にあるラデュエル帝国の帝都に立ち寄っていた。

ラデュエル帝国の帝都は、クロノワイズ王国の王都とはまったく違う造りをしている。

帝都の外側には力の強い者たちが住んでいるため、壁がない。魔物などの外敵が現れた場合、外側に住んでいる者たちが帝都を守るのだそうだ。

中心部には丸い屋根をした城壁のないお城と以前わたしが挿し木した精霊樹、それからとても広い決闘場がある。

見慣れない雰囲気の街並みを通りすぎ、馬車がお城の門前に到着した。

すぐに頭部からうさぎの耳を生やし、鎧(よろい)に身を包んだ獣族の武官が出迎えてくれる。

先に降りたグレン様が武官に何かを告げたあと、馬車の中にいるわたしのほうへと向いた。

夜のような濃紺色の髪が光に当たってキラキラ輝き、水色の瞳が嬉(うれ)しそうに弧を描く。

天使のように美しい顔をしたグレン様は、さっとわたしに手を差し伸べてくれた。

「気をつけて」

いつも気遣ってくれるグレン様を見ていると嬉しい気持ちだけでなく、見習わなくてはという尊敬の気持ちも湧いてくる。

コクリと頷(うなず)いたあと、そっと手を乗せて馬車を降りた。

地面に降り立ち、グレン様に手を引かれるがまま馬車から少し離れると、銀色の猫姿のエレ……精霊を統べる王エレメントの仮の姿と、狐人でわたしの専属料理人兼メイドであるミカさんが降りてきた。

ミカさんは、大きくてふわふわした耳とふさふさの尻尾を生やしていて、どんな出来事にもニコニコと楽しそうに笑っているのだけれど、今はなぜか緊張した面持ちで、尻尾を丸めている。

一緒に馬車に乗っている間はおかしなところはなかったんだけど、どうしたんだろう？

不思議に思っていると、門のそばに控えていた獣族のメイドたちがやってきた。

三角の耳に細長い尻尾を生やした猫人、垂れた耳にふさふさの尻尾を生やした犬人、体の一部にウロコを持つ蜥蜴人……様々な獣族の女性たちはみんなラデュエル帝国風の統一されたメイド服を着ている。

ミカさんがごくりとつばを飲み込むのが見えた。

獣族のメイドたちはみんな、にっこりとした笑みを浮かべると、さっとミカさんを囲み、あっという間にお城の中へと連れ去っていった。

「え……？」

突然のことに驚いていると、近くにいたうさぎ耳の武官が無表情ながら教えてくれた。

「ミカ様には、お召し替えしていただくだけですので」

着替えるだけなら害はない……よね？

不安になりながらミカさんが連れて行かれたお城へ視線を向けていると、わたしのすぐそばまで来ていた猫姿のエレがつぶやいた。

『心配ならば、我が見てこよう』

「ありがとう、エレ」

猫姿のエレは頷くと、ミカさんの後を追ってお城の中へと入っていく。

その後ろ姿を見つめていたら、繋(つな)いでいた手をきゅっと握られた。

「そろそろ中へ入ろうか」

グレン様が微笑(ほほえ)みながらつぶやく。

「はい」

わたしはコクリと頷いたあと、きゅっと握り返した。


うさぎ耳の武官に案内されたのは、お城の二階にある応接室だった。

革張りのソファーは、グレン様と二人で腰掛けても余るほどの大きさだった。

きっと、体の大きい獣族でも座れるように大きなものが用意されているのだろう。

「ここへ来るのは一年半ぶりだから、きっとチェルシーの成長に驚くだろうね」

グレン様はそう言うと目を細めて楽しそうに微笑んだ。

ロイズ様と初めて顔を合わせたときのわたしは、身長が低く子どもにしか見えなかった。

あれから成長期を迎え、今では十四歳の平均的身長と同じくらいまで伸びた。

成人まであと一年あるので、大人になる途中の子どもといった感じに見えるはず。

「あれから頭ひとつ分ほど背が伸びましたし……」

わたしはそう言ったあと、胸の下まで伸びた薄桃色の髪に触れた。

「髪もだいぶ伸びたね」

「はい……！　最近は、髪を結うのが楽しくなりました」

そんな話をしていると、ノックの音がして背の高い男性が入ってきた。

「しばらくぶりだな！」

やってきたのは獣族の竜人で、ラデュエル帝国の皇帝陛下のロイズ様だった。

黒に近い緑色の髪は布と一緒に三つ編みにしてあり、歩くたびにゆらゆら揺れ、深い緑色の瞳は何もかも見透かすようにニヤッとした笑みを浮かべている。

耳は人族と同じ位置にあるのだけれど、とても長く先が尖(とが)っていて、その上には大きくて黒くて太い角が真(ま)っ直(す)ぐに生えている。

ロイズ様はウロコのある尻尾が生えているのだけれど、その先端には髪と同じ黒に近い緑色の毛が生えている。

顔色もいいようだし、以前お会いしたときよりも元気そうで良かった。

「一年半ぶりだね」

グレン様がソファーから立ち上がり、ロイズ様に向かって右手を差し出す。

ロイズ様も右手を出して、お互いに握手を交わす。

さらに、左手でお互いの肩をバシバシと叩き合った。

二人は初めて顔を合わせたときに、共通のスキルを持っていると知り、非公式の場では砕けた口調で話し、お互いの名前を呼び捨てにするほど仲がいい。

わたしも立ち上がって、カーテシーを披露した。

ロイズ様はわたしをじっと見つめると、何度も瞬きを繰り返した。

「チェルシー様はずいぶん背が伸びたようだな」

「はい。つい最近、ミカさんの身長を超えました」

そう答えると、ロイズ様は親が子どもを見つめるような温かい笑みを浮かべ、うんうんと頷いた。

「そういえば、ミカがいないな？」

ロイズ様はそう言うと部屋の中を見回した。

「城についた途端、メイドたちに囲まれて城の奥へと連れて行かれたよ」

グレン様がそう答えると、ロイズ様は苦笑いを浮かべた。

「メイドたちはミカが里帰りするのを楽しみにしていたからな、しかたない」

どういうことだろう？

首を傾げるとロイズ様は、わたしを安心させるようにニヤッとした笑みを浮かべた。

「そのうち、メイドと一緒にこの部屋に来るだろうから、大丈夫だ。ひとまず座って話そうか」

ロイズ様が座るのを確認したあと、わたしとグレン様も先ほどまで座っていた革張りのソファーに腰掛けた。

「そういえば、婚約したんだったな。うまくいっているようで何よりだ」

ロイズ様はわたしとグレン様を交互に見たあと、ニヤッとした笑みを浮かべた。

何を見て、うまくいっていると思ったのだろう？

不思議に思って首を傾げると、ロイズ様の視線がわたしとグレン様の真ん中で止まった。

「以前と比べて、隙間なく座っているだろう？」

言われてみれば、自然と隙間なく……というよりくっつくようにして座っている。

改めて指摘されたことで、わたしは恥ずかしくなり顔を赤くした。

チラッとグレン様に視線を向けると照れているようで口元を手で隠している。

どうやら、グレン様も気づいていなかったらしい。

二人で照れていると、ノックの音が響いた。

「皇女殿下をお連れいたしました」

猫耳のメイドに連れられて入ってきたのは、豪華な衣装に身を包んだミカさんと尻尾の先に赤いリボンをつけられた猫姿のエレだった。

ミカさんの身につけている丈の長い上着には、金糸や銀糸でたくさん刺繍(ししゅう)が施されていて、動くたびにキラキラ輝いている。

普段は三つ編みにしている髪を下ろしているのも、宝石がたくさんついた髪飾りをしているのも珍しい。

「ミカさん、すごくきれい……」

初めて見るミカさんの着飾った姿に、わたしはぽろりと言葉がこぼれた。

するとミカさんは顔を赤くしつつ、尻尾を揺らした。

「ありがとうなのよ～」

そのミカさんの横をするりと通り抜けて、猫姿のエレがわたしの隣にちょこんと座る。

尻尾の先に視線を向けたあと、大きくため息をついていた。

エレは尻尾に触られるのをとても嫌うので、尻尾についたリボンが気に入らないのだろう。

あとで外してあげよう。

そう思いながら、軽く背中を撫(な)でた。

そういえば、部屋に入ってきたメイドさんがミカさんのこと、皇女殿下って言ったような……？

「ロイズが皇帝だから、養女であるミカは皇女殿下になるのか」

わたしの心の声が聞こえたかのように、グレン様が真横でつぶやいた。

え？　今まで皇女殿下に料理をさせていたってこと？

驚きのあまり目を見開いていると、ミカさんがわたしに向かって叫んだ。

「ミカは皇女じゃないのよ～……。チェルシーちゃんの専属料理人なのよ～……」

ミカさんは耳をへにょっと垂れさせながら、ロイズ様の隣に座った。

「昔からミカは皇女扱いされるのを嫌がっていたからな」

隣に座るロイズ様がミカさんの頭をぽんぽんと撫でる。

ミカさんはわたしの専属料理人になってから、一度もラデュエル帝国に帰ろうとしなかった。

たまには養父であるロイズ様に元気な姿を見せたほうがいいのではないかと思い、何度か里帰りを勧めたけれど、用事がないかぎり帰らないと断られていた。

帰りたくなかったのに連れてきてしまったんだ。

「ミカさん、無理矢理連れてきて、ごめんなさい……」

謝罪の言葉を口にするとミカさんは首を横に振った。

「そうだけど、そうじゃないのよ～。ミカは皇女扱いされるのが嫌なだけで、里帰りはしたかったのよ～。だから、用事があれば帰るつもりだったのよ～。気にしないでほしいのよ～」

ミカさんはそう言うとわたわたしながら両手を振った。

「そもそも、ミカはチェルシーちゃんが要らないって言うまで、ずっと専属料理人として一緒にいるって決めたのよ～。理由もなしに里帰りしないのよ～」

クロノワイズ王国に勤めている人たちの多くは、ときどき休暇をもらって里帰りをしていると話していた。

ミカさんの口ぶりだと、理由がないかぎり、ずっとわたしと一緒にいると聞こえる……。

「獣族ってのは、一度忠誠を誓うと主人が死ぬか要らないと言うまで尽くすものなんだ」

ロイズ様はそう言うとまたもミカさんの頭を撫でた。

「わたしは、ミカさんに忠誠を誓われるようなことをした覚えは……」

そう言いかけると、ミカさんが首をぶんぶんと横に振った。

「したのよ〜！　チェルシーちゃんは、ロイズ様の……父様(ととさま)の命の恩人なのよ〜！」

一年半前、ロイズ様は魔力欠乏症という病気を患っていて、余命いくばくもない状態だった。

そこであらゆる状態を正常なものにして、魔力を最大値まで回復させる『エリクサーの種』というものをわたしのスキル【種子生成】で生み出した。

エリクサーの種に入った液体を飲んだロイズ様は、すぐに病気が治り、皇帝の座に返り咲いた。

「命の恩人に忠誠を誓うのはよくあることだ。オレもチェルシー様に忠誠を誓っただろう？」

そういえば、エリクサーの種に入った液体を飲んだ直後にロイズ様が言っていたのを思い出した。

「たしかにおっしゃっていました」

コクリと頷けば、ロイズ様は嬉しそうに笑った。

そして、ミカさんに視線を移す。

「ミカがチェルシー様の専属料理人であることは誰にも文句を言わせない。というか、それは歓迎される。だがそれとは別にミカはオレの娘でもあるわけだから、ここにいる間はそうやって着飾っておけ」

ミカさんは「うぅ～……」と小さく唸ったあと、渋々といった感じで頷いた。

「そろそろ本題に入るか」

ミカさんが落ち着いたところで、ロイズ様がそう話を切り出した。

「単刀直入に聞くぞ。なぜマーテック共和国へ精霊樹を挿し木しに行くんだ？」

実はわたしたちの目的地はラデュエル帝国ではなく、大陸の北西にあるマーテック共和国だったりする。

「どこから説明するかな……」

グレン様はそう言うと口元に片手を当てる。

「一年半前、ラデュエル帝国を窮地に陥らせた男がいただろう？」

「当時、皇帝だったベアズリーをそそのかし、ラデュエル帝国にあった精霊樹をすべて伐採させ、瘴気によって帝国を窮地に陥らせた詐欺師だな」

その詐欺師は、わたしたちがラデュエル帝国からクロノワイズ王国へ戻る途中に、サンドスコーピオンという魔物を従えて、襲ってきた男性でもある。

サンドスコーピオンは食べるとてもおいしい魔物だったので、やる気を出した護衛の騎士たちによってあっという間に倒され、ミカさんの【調理】スキルによって捌かれ、おいしくいただいた。

「その詐欺師と同じ肩書き『嫉妬に駆られた代行者の崇拝者』を持つ男たちがクロノワイズ王国の王都にも現れた」

ロイズ様は片眉をピクリと上げると、腕を組んだ。

「男たちの目的は二つ」

グレン様はそう言うと二本の指を立てた。

「ひとつ目は精霊樹を破壊すること。二つ目はチェルシーを殺害すること。そのために、公爵家で育てている薬草を入手し、その薬草を使って魔物を狂暴化させようとしていた」

ロイズ様は目を見開き、立ち上がった。

「王都に現れた連中はきっちり捕縛したし、チェルシーにも精霊樹にも被害はなかったよ」

「ケガなどは一切しておりません」

グレン様の言葉に続けてそう伝えれば、ロイズ様はホッとした表情になり、すとんとソファーに腰を下ろした。

「捕縛した連中には、ミカの【尋問】スキルで徹底的に知っていることを吐かせた」

「あの男たちはおかしいのよ〜。代行者が『許せない』って魔鏡に映ったチェルシーちゃんに言ったから狙ったらしいのよ〜」

ミカさんがムッとした表情のままそう言った。

魔鏡というのは、世界のありとあらゆる場所を映すことができる鏡だそうだ。

「つまり、一連の騒動は代行者が主犯というわけか」

ロイズ様の言葉にミカさんが首を横に振る。

「それがそうとも言い切れないのよ～」

「捕縛した男たちに命令を下したのは、代行者の側仕(そばづか)えをしている男であって、代行者ではないそうだ」

グレン様がそう言うと、それまでずっと黙っていた猫姿のエレがつぶやいた。

『……代行者は我の旧友だ。殺害をよしとするような者ではない』

わたしの隣に座る猫姿のエレは顔を上げ、決意を込めた表情をしている。

『我は代行者に直接会い、確認を取りたい』

「居場所がわかっているのだから、直接尋ねるのもいいかと思うんだ」

グレン様の言葉にロイズ様が首を傾げる。

「それと精霊樹を挿し木することが、どうつながるんだ？」

『そういうことでしたのね！』

ロイズ様が腕を組み直すのと同時に、部屋に大きくて真っ赤な鳥……ロイズ様と契約を交わしている火の精霊のアイリーンが現れた。

リーンはラデュエル帝国に挿し木した精霊樹から現れた精霊で、わたしと文通友だちでもある。

『チェルシー様、お久しぶりですわ』

微笑みで応えると、鳥姿のリーンはロイズ様の隣……ミカさんとは反対の場所に降り立った。

『以前にも申し上げましたけれど、代行者様がいらっしゃる魔の森には、四大精霊によって結界が張られておりますの。それを解除しなければ、中に入ることはできませんわ』

「すぐにでも呼び出して解除すればいいだろう？」

ロイズ様の言葉に、鳥姿のリーンはくいっくいっと首を横に振る。

『古の制約により、大精霊は国をまたぐほど距離を空けて挿し木した精霊樹から一体ずつしか、呼び出せないのですわ』

「めんどうな制約だな」

『……こればかりは、我々精霊にもどうにもできぬ』

ロイズ様が大きくため息をつくと、猫姿のエレがしょんぼりと項垂れた。

「そういうわけで、各国に精霊樹を挿し木させてくれないかと打診して、すぐに返答のあったマーテック共和国へ行くことになったんだ」

「なるほどな」

グレン様の言葉にロイズ様が頷いた。

「それで、手紙でも伝えていたとおり、出発当日の朝にラデュエル帝国の精霊樹のもとへ寄らせてほしいんだけど」

「ああ、挿し木用の枝を取りに行くんだったな」

精霊と契約者、それから精霊から許可を得た者は、精霊樹を通じて精霊界へ行き、そこから他の精霊樹のもとまで移動することができる。

それを利用して、ラデュエル帝国にある精霊樹からクロノワイズ王国にある原初の精霊樹のもとまで行き、挿し木用の枝を採取することになっている。

「しかしなぜ、出発当日の朝に取りに行くんだ？」

ロイズ様が顎に手を当てながら首を傾げる。

「精霊樹も植物なので、挿し木し終わるまで枝に乾燥しないよう傷まないよう術を掛け続けなければならないのだそうです」

わたしがそう伝えると、猫姿のエレがうんうんと頷く。

『常に術を掛け続けるのは非常に疲れるゆえ、ぎりぎりまで枝を切り離したくない』

「それならば、マーテック共和国との国境門まで送ってやろうか？　オレが送れば、十五日かかる道も半日で済むぞ？」

ロイズ様がそう言うと、猫姿のエレが勢いよく後ろ足だけで立ち上がった。

『それは助かる！』

エレはそう言うと目を輝かせて、その場で前足を挙げて喜んだ。

猫が立ち上がっている姿って、とてもかわいい……。

横目でちらりと猫姿のエレを観察しているとロイズ様が言った。

「その代わりと言ってはなんだが、滞在期間を延ばしてくれ」

「マーテック共和国側に、国境門を通過する予定日を伝えてあるから、滞在期間は延ばしたほうが問題はなさそうだが……」

グレン様が口元に手を当てて、考え込んでいる。

「国境門に一番近い町に馬の手配をしておくし、道中寄る予定だった宿にも連絡を入れておくから、どうだ？」

「なんだか引き留めたい理由があるようだね」

グレン様が苦笑いを浮かべる。

「もしかして、何か困っていることがあるのでしょうか？」

心配に思って尋ねると、ロイズ様は首を横に振って、きっぱりと否定した。

「困りごとがあるわけでない。ただ……以前は国が荒れていてきちんともてなせなかっただろう？次に我が国を訪れたときには、盛大にもてなそうと決めていたんだ！」

ロイズ様は立ち上がり、片手の拳をぎゅっと握りしめて訴えかけてくる。

「そういえば、獣族は客人をもてなすことをとても大事にしているんだっけ」

「ああ。正直に言えば、前回の滞在時にまともにもてなせなかったことを城中の者たちが悔やんでいてな。そいつらのためにも、滞在期間を延長してほしい」

『我は術を掛ける時間を短縮できるのであれば、何の問題もない』

後ろ足で立ったままの猫姿のエレがきっぱりと告げる。

「チェルシーもいいかな？」

「はい」

わたしにも問題がなかったので、コクリと頷く。

「では、国境門まで送ってもらう代わりに、滞在期間を延ばそう」

グレン様はそう告げたあと、ちらりとミカさんへ視線を向けた。

ミカさんに視線を向けると、顔色を悪くしてプルプルと震えている。

その姿に気づいたロイズ様はニヤッとした笑みを浮かべた。

「というわけで、滞在期間中、ミカは皇女らしくとまでは言わんが、着飾って過ごせよ」

「嫌なのよ～！」

ミカさんの叫び声がお城の中に響いた。

1. と 表彰式とパーティ

I'll Never Go Back to Bygone Days!

帝都に着いたのが午後の遅い時間だったため、つづきは夕食後に話すことになった。

「夕食前に汗を流しておくといい」

ロイズ様はそう言うとミカさんを連れてきた猫耳のメイドを呼び、わたしとグレン様を三階にある客室へと案内するよう指示を出した。

猫耳のメイドはわたしとグレン様に笑みを向け一礼したあと、部屋へと案内してくれた。

「婚約者同士と伺っておりますので、つづき間のある別々の客室を用意いたしました」

「ありがとう。助かるよ」

グレン様はそう答えると、手前の客室へと入っていった。

わたしは奥側の客室へと通された。

「うわぁ……」

中に入った途端、感嘆の声が漏れ出てしまった。

以前、ラデュエル帝国を訪れたときは、瘴気(しょうき)の影響で国が荒れており、財政難だったのもあって、客室は清潔だけれど簡素なものだった。

ところが今日案内された客室は、国が荒れていたことなど感じさせないくらいとても豪華で、けれど温かみのあるものだった。

一年半でここまで変わるなんて……すごい！

ロイズ様だけでなく帝国中の人たちががんばった証拠なのだと思うと、温かい気持ちになった。

「お気に召したでしょうか？」

「はい！　素敵なお部屋ですね」

コクコクと頷けば、猫耳のメイドはとても嬉しそうに微笑んだ。

「ゆっくりと旅の疲れを癒してくださいませ」

「ありがとうございます」

微笑み返すと猫耳のメイドがテーブルの上に置いてあったベルを手に取り、ちりんちりんと鳴らした。

すると客室に数人のメイドが入ってくる。

猫耳のメイドと同じくみんな有能そうで、ラデュエル帝国特有の襟が胸元より上あたりで交差するメイド服がとても似合っている。きっと熟練のメイドたちに違いない。

「本日は私たちがお手伝いさせていただきます」

猫耳のメイドはそう挨拶すると、にっこりと微笑み、他のメイドたちと共に一斉に動き出した。

メイドの一人がわたしをさっと抱えて、つづき間とは反対方向にあるバスルームへと運んでいく。

「……！」


突然のことに声にならない声を出していると、下ろしてもらえた。

令嬢らしい教育が実を結んで、こんなときに大声を出さなくなったようだ……。

そんな現実逃避をしている間もなく、今度はさささっと服を脱がされる。

それから、ぬるめのお湯をかけられ、石鹸(せっけん)と柔らかな布を使って丁寧に洗われた。

なんだか、初めてクロノワイズ王国の王立研究所の宿舎を訪れた日のことを思い出す。

メイドのジーナさんとマーサさん……元気にしているかな……？

体を洗われたあとは、花びらの浮いている浴槽に浸(つ)かることになった。

「こちらの湯には、癒しの効果があるサラライアの樹液を加え、さらに花弁を浮かべております」

メイドからの説明を聞きながら、手のひら大の花びらを一枚摘(つま)む。

パンケーキのような厚さと柔らかさがある。花びらだけでこの大きさなら、花はとても大きいかもしれない。

「サラライアの花弁は食べても癒しの効果がありますのよ」

別のメイドがそう教えてくれた。

食べてみようかな？

そう思って摘んでいた花びらをじっと見つめていたら、メイドたちが一斉に首を横に振った。

何も言っていないのに、どうしてわかったの!?

もしかしたら、熟練のメイドだからわかるのかもしれない……！


お風呂から上がると、花の香りのする液体を塗られてマッサージをされた。

「もしかしてこの香りもサラライアですか？」

「ええ、そうです」

尋ねるとすぐに答えがあった。

とにかく疲れを癒そうとしてくれているのだとわかり、嬉しくなった。

マッサージが終わると体を拭き、髪を乾かしてもらう。

そして、ラデュエル帝国風の衣装に着替えさせられた。

襟が胸元より上のあたりで交差している上着とふくらみのない足首までのスカートで、ミカさんが着ている服と似たような形をしている。

「ありがとうございます」

お礼を告げると、メイドたちはにっこりと微笑んだ。


入浴と着替えが終わると、猫耳のメイドに案内されて同じく三階にある食堂へと案内された。

食堂には、ロイズ様とミカさん、グレン様がすでに席に着いていた。

三人とも先ほどとは違う衣装を身につけており、お風呂上がりなのもあって、髪や肌がツヤツヤになっている。

「遅くなり申し訳ありません」

部屋に入って遅れたことを詫びると、三人そろって首を横に振った。

「遅いというほどではないな」

「気にしなくていいのよ～」

「来たばかりだから大丈夫だよ」

壁際に控えていた給仕係の犬耳の男性がグレン様の隣の席の椅子を引いてくれる。

お礼を告げつつ、椅子へと腰掛けた。

「今日はグレンが喜びそうな料理を頼んでおいたぞ」

ロイズ様が得意気な表情でそう告げると、キッチンと繋がっている扉から料理が運ばれてきた。

テーブルに並んだのは、ミカさんが寒い日に作ってくれるすき焼きだった。

小さな魔道具のコンロの上に一人用のすき焼き鍋が置かれる。

「旅館や料亭のようだね」

グレン様が聞きなれない言葉をつぶやく。

ロイズ様はニヤッと笑うだけで何も言わなかった。

具材に火が通るころには、ラデュエル帝国特産のおしょうゆの香りが部屋中に漂っていた。

グレン様が目を輝かせながら、それらを見つめている。

他に小鉢に入ったほうれん草のお浸しや、肉じゃがなどもテーブルに並べられた。

すべての料理が並ぶとわたしたち四人以外は部屋から出て行った。

「冷めないうちに食べよう」

ロイズ様の言葉に頷き、まずは大地の神様に祈りを捧(ささ)げる。

「「「「いただきます」」」」

そして、四人そろってつぶやいた。

まずはミカさんの料理を食べるようになってから覚えた箸を使って、《清潔(クリーン)》の魔術を掛けた生卵を溶いていく。

溶いた卵液に味のしみ込んだ薄いお肉を浸して、パクッと食べる。

お肉が柔らかくておいしい……！

ふと、隣に座るグレン様に視線を向けると、満面の笑みを浮かべたまま、どんどん料理を口に運んでいた。

すごい勢いで料理が減っていくのに、とてもきれいに食べるので、なんだか見入ってしまった。

「どうした？　食べられないものでもあったか？」

ロイズ様がニヤッとした表情のまま、そう尋ねてきたので、慌てて首を横に振った。

グレン様の食べる姿に見入っていたなんて、恥ずかしくて言えない……！

「いいえ、好きな食べ物ばかりです」

わたしはそう告げたあと、添え物の野菜やキノコ、小鉢の料理も併せておいしくいただいた。

食べ終えて「ごちそうさまでした」と言い終わったところで、ロイズ様がつぶやいた。

「明日の予定だが、チェルシー様の表彰式を執り行うぞ」

「え？」

「チェルシー様は、オレの命だけでなく、帝国民の命まで救ってくれた」

何のことかわからず首を傾げると、ロイズ様は真剣な表情になった。

「王国へ帰るまでの街道にかぼちゃの種を植えただろう？」

たしかに、馬を休ませるための休憩地にかぼちゃの種を植えたけれど、それだけで表彰式を行うなんて……？

理解できなくてもう一度、首を傾げる。

「あの頃の帝国は瘴気の影響で草木は枯れ、食物が育たない状況だった。そんな中、チェルシー様は必ず発芽して実がなるかぼちゃの種を植えてくださった。あのかぼちゃのおかげで、どれだけの帝国民が飢えずに済んだか……」

ロイズ様はそこまで言うとニヤッとした笑みを浮かべる。

「これは表彰されるべきことだ。誇っていいことだぞ」

突然のことに驚いていると、グレン様がつぶやいた。

「実は俺もさっき聞かされたばかりなんだ」

どうやら驚いているのはわたしだけではないらしい。

「ロイズ様はいつも突然すぎるのよ～！　チェルシー様の衣装はどうするのよ～！」

対面に座るミカさんがそう叫んだ。

マーテック共和国へ行き、精霊樹を挿し木することが目的の旅なので、装飾の多いドレスやアクセサリーなどは最低限しか持ってきていない。

「それならば、リーンが嬉々として用意していたから、大丈夫だ」

ロイズ様は腕を組み、またしてもニヤッとした笑みを浮かべる。

火の精霊リーンは、人とあまり変わらない精霊姿で街へ行き、よく買い物しているのだと、手紙に書いてあった。

着飾ることが大好きなリーンだから、きっと素晴らしい衣装を用意しているに違いない。

「そういうわけだから、明日に備えて、今夜はしっかり休んでくれ」

ロイズ様が締めの言葉を告げると、各自部屋に戻ることになった。

＋＋＋

翌朝、目が覚めると獣族のメイドたちに囲まれていた。

うさぎ耳、犬耳、猫耳、馬耳……モフモフしていたり、ツヤッとしていたりで触ってみたい……。

寝ぼけながらそんなことを考えていると、猫耳のメイドが微笑んだ。

「おはようございます、チェルシー様」

ハッと我に返りつつ、朝の挨拶をする。

「おはようございます」

わたしの様子を見た他のメイドたちが微笑んだ。

少し恥ずかしいと思いながら、起き上がる。

「では準備いたしましょう」

そう言われて、洗顔用の水が入ったボウルを渡される。

パシャパシャと顔を洗うと、柔らかなタオルでさっと拭われた。

それが済むと、ワンピースに着替えたり、髪を整えたり……。

朝の身支度が済むと、グレン様の部屋とのあいだにあるつづき間で朝食を摂(と)ることになった。

「チェルシー様がお好きだと伺いまして、本日はパンケーキをご用意いたしました」

高さのあるふわふわのパンケーキには真っ白なヨーグルトソースが掛かっていて、見ているだけでお腹(なか)が鳴りそうになる。

「ありがとうございます」

椅子に座っていたら、グレン様もつづき間にやってきた。

「チェルシー、おはよう。昨日は眠れたかな？」

「おはようございます。はい、よく眠れました」

丸いテーブルを挟んで向かい合わせになると、グレン様はじっと料理を見つめた。

「おいしそうだね」

その言葉にわたしは微笑みながら、コクコクと何度も頷いた。

「「いただきます」」

大地の神様に祈りを捧げたあと、フォークとナイフを使い、ひとくち含む。

ヨーグルトソースは甘さと酸味のバランスがとてもよく、口当たりはふわふわしていて、とてもおいしかった。

「このあとは、式典に参加するための準備だね」

「まずはお風呂に入って、身を清めるのだと伺いました」

食後の紅茶を飲みつつ答えると、グレン様が頷いた。

「俺のほうも朝食後、腹が落ち着いたら、風呂に入るように言われたよ」

「どうしてなんでしょう？」

グレン様にもわからないらしく、二人で首を傾げたあと、それぞれの部屋へと戻った。


部屋に戻ると待ち構えていたメイドたちが微笑んだ。

「ではお伝えしていたとおり、まずはお風呂に入って、身を清めましょう」

「どうしてまず身を清めるのですか？」

バスルームへ移動しながら尋ねると、猫耳のメイドが苦笑いを浮かべながら教えてくれた。

「ロイズ陛下が皇帝になる以前……つまり百年以上前のことですが、身を清めぬまま表彰式などの式典に参加する者が多く、会場は異臭が漂っていたのです」

異臭が漂うとはどういうことなのだろう……？

想像できなくて首を傾げる。

「式典に参加できる者というのは、帝都の外側に住む強者（つわもの）……つまり、鍛錬をよく行う者の一族なのです。式典の開始ぎりぎりまで鍛錬を行い、汗をかいたままの状態で出席するという者が多くいたため……」

「つまり、汗臭かった……？」

わたしの言葉に猫耳のメイドが頷いた。

「当時は《清潔（クリーン）》の魔術も広まっておらず、とても苦労いたしました。ロイズ陛下も会場の異臭が気になったようで、式典に出席する者は必ず身を清めてから参加するという決まりを作ったほどでございます」

決まりを作るほどの異臭だなんて……！

わたしはブルッと体を震わせた。

しっかりと身を清めたあとは、着替えが待っている。

リーンが選んだ衣装ってどういうものかな……？

ワクワクしながら、バスルームを出るとラデュエル帝国風の衣装が用意されていた。

昨日の夕食前に着せてもらった服とは形が似ているのだけれど、布の質感や刺繍の入り具合、レースやフリルなどのあしらい方がとてもかわいい！

あと……少しだけ膨らんだ胸が貧相に見えないデザインで、ホッとした。

「こちらの衣装の上から、あちらの上着を羽織っていただきます」

もう一枚上着を羽織るとは思っていなかった！

うさぎ耳のメイドが示したほうへ視線を向けると、透けて見える薄い布を使った裾の長い上着が飾ってあった。

その上着には刺繍だけでなく、キラキラ輝く宝石がところどころに縫い付けられている。

衣装と上着を着こんだあと、胸元まで伸びた髪を複雑に編み込んでもらう。

それから薄く化粧を施してもらい、最後にイヤリングとネックレスをつければ完成。

思っていたよりも早く準備ができて驚いた。

たぶん、コルセットをしなくていいから早いのかもしれない。

ぎゅっと締めない分、ラデュエル帝国風の衣装のほうが楽でいいな……。

お昼前になり、猫耳のメイドに連れられて、表彰式を行う場所まで移動する。

なんと場所はお城の西側にある大庭園らしい。

「雨のときはどうするのでしょうか？」

「雨天の場合、ロイズ陛下が帝城を丸く覆うように結界を張ってくださいます。結界が雨を弾く姿は何度見ても不思議なものですよ」

疑問を口にすると、猫耳のメイドが答えてくれた。

「それはいつか見てみたいですね」

クロノワイズ王国とラデュエル帝国とでは何もかも違って、驚くことばかりで楽しい。

ふふっと笑みを浮かべると、猫耳のメイドが笑い返してくれた。


大庭園に到着すると表彰式に出席するたくさんの獣族たちが集まっていた。

男性も女性も肩幅が広くて強そうに見えるのだけれど、頭の上からふわふわした耳やふさふさした尻尾が生えている人が多いので、怖いという印象はあまりない。

頭の上から耳を生やしている人たちの多くは耳飾りをつけていた。

ロイズ様みたいに角を生やしている人は、角に布を巻きつけて飾るか、髪に布を添えている。

何か決まりがあるのかな？

不思議に思いながら猫耳のメイドに連れられて大庭園を進んでいくと、煌びやかな装飾が施された一段高くなっている場所が見えてきた。

そこにはロイズ様とミカさんがそれぞれ別々の豪華で広いソファーに腰掛けている。

二人は今まで以上に煌びやかな服を着ていて、特にミカさんは髪飾りやイヤリングやネックレスなどのアクセサリーがとても輝いていて眩しい。

あまりにも眩しくて目をそらすと、壇上のすぐそばにグレン様が立っているのが見えた。

驚いたことに、グレン様もラデュエル帝国風の衣装を身にまとっている。

髪の色に合わせて少し暗い色合いの衣装なのだけれど、とても似合っていて、一瞬足を止めてしまった。

そばまで行き挨拶すると、グレン様はじっとわたしの顔を見つめてきた。

「昨日も思ったけど、チェルシーはどんな服を着てもとても似合うね」

「グレン様もとても素敵です」

照れつつもなんとか思ったことを口にすると、グレン様が口元を手で隠した。

ほんのり耳が赤くなっているので、グレン様も照れたのかもしれない。

「……チェルシーからそんな言葉が返ってくるとは思っていなかったよ」

なんだか不意を衝いたみたいで、クスッとした笑みがこぼれた。

そんなやりとりをしているとドゥゥゥ～ンという音がした。鳴ったほうへ視線を向ける。

壇上の端に置かれていた大きくて丸い金属製の何かを叩いた音らしい。

「あれはドラという楽器で、あの音が鳴ったら壇上に注目するようにという意味があるんだって」

グレン様がじっと壇上を見つめたあと、小声で教えてくれた。

きっと【鑑定】スキルを使って、どんなものなのか調べたのだろう。

「これより、ラデュエル帝国の恩人に対して、表彰を行う」

ドラを叩いた青い角を生やした男性が大きな声で叫んだ。

「出番だね。いってらっしゃい」

「いってきます」

グレン様に向かって頷いたあと、わたしは猫耳のメイドとともに壇上へと上がる。

壇の下にいる獣族たちからの視線を感じて、とても緊張する。

『こういった壇上へ上がるときは、姿勢に気をつけて、優雅に見えるようになるべくゆっくり歩きなさい』

養母様の言葉を思い出して、そのとおりに歩く。

ドキドキを隠しながら壇上の中央まで行くと、ロイズ様がソファーから立ち上がった。

そして、わたしの隣に立ったあと、大きな声で話し始めた。

「この方はオレの病を治し、国が困窮しているときに、救いの手を差し伸べてくれた！　みなも休憩地の奇跡のかぼちゃを知っているだろう！」

大庭園にいるほぼすべての獣族が強く頷いている。

「あのかぼちゃを生み出したのがこちらのチェルシー様だ。以後『ラデュエル帝国の恩人』の称号を与え、獣族の仲間として迎え入れることとする！」

ロイズ様がそう宣言すると、大きな拍手喝采が起こった。

こんな風に拍手喝采されたのは初めてなので戸惑ってしまう。

ちらりとミカさんに視線を向ければ、得意気な表情を浮かべているし、グレン様に視線を向ければ、目を見開いて驚いている。

みんなの反応から、称号を与えられるのはすごいことで喜ぶべきなのだろう。

「褒賞についてだが、こちらを贈ることにした」

ロイズ様はそう言うと、文官から分厚い書物を受け取った。

「獣族だけが読める植物に関する書物だ」

「わたしがいただいても読めないのではないでしょうか……？」

小声でつぶやくと、ロイズ様はニヤッとした笑みを浮かべた。

「先ほど、称号を与え獣族の仲間として迎え入れたからな。今のチェルシー様なら読める。だから、受け取ってほしい」

書物の表紙が見えるように手渡されたのだけれど、たしかに何が書いてあるのか理解できた。

称号って、そんな効果があるんだ……すごい！

受け取り終わるとまたも拍手喝采が起こる。

「ありがとうございます」

お礼を述べたあと、また優雅に見えるようにゆっくりと歩き、壇上から降りた。

降りた先ではグレン様が待ってくれていた。

「おつかれさま」

いつもの優しい微笑みを向けられたことで、緊張の糸が切れ、安堵(あんど)のため息が出た。

「き、緊張しました……！」

そうつぶやくと、グレン様が背中を撫(な)でてくれた。

「堂々としていて、緊張を感じさせなかったよ」

グレン様の言葉で、養母様の教えどおりに動けていたのだと確信が持てて嬉しくなった。

「称号を与えられたようだし、チェルシー自身をしっかり鑑定させてもらってもいいかな？」

コクリと頷くとグレン様はわたしの頭上に視線を向けた。

グレン様は賢者級の【鑑定】スキルを持っているため、常に名前や相手の健康状態などが見えるらしい。

さらに魔力の込める量によって、身長や体重、所持しているスキルや出身地、本人が隠している情報まで事細かに調べることができるのだとか……。

わたしはグレン様に隠している情報などないし、出会ったころから健康状態の確認をしてもらっているのもあって、身長や体重を見られることにも抵抗がない。そのため、確認せずに鑑定してもいいと伝えてある。

それでもグレン様は、しっかり鑑定するときには確認をしてくる。

こういう気遣いをわたしも身につけたい……。

「チェルシーの職業に『ラデュエル帝国の恩人』が追加されていたよ。効果は獣族と同等の扱いになり、獣族文字が読めるようになること。それから、ラデュエル帝国への出入りが自由にできるみたいだよ」

「それって例えば、身分証がなくても入れる……ということでしょうか？」

「たぶん、そういうことだろうね」

グレン様とそんな話をしていると、壇上のロイズ様が叫んだ。

「表彰式は終わりだ。あとは飲んで食べて思う存分騒ぐがいい！」

その言葉で表彰式が終わり、そのままパーティが始まった。

周囲にいた獣族たちがワクワクした表情になり、一斉に建物のほうへと歩き出す。

どうやらお城側にテーブルが並んでいて、そこへ次から次へと料理が運ばれているらしい。

一部では料理人が立ち、その場で料理したものを渡している。

どんな料理を作っているか、ここからではわからないけれど、おいしそうな香りが漂っている。

香りが漂い出した場所に人が集まり始めた。

そんな様子を眺めていたら、声を掛けられた。

「チェルシー様」

振り返るとそこにはロイズ様が立っていた。

「渡した書物なんだが……」

ロイズ様はわたしが抱えている書物に視線を向けながらつぶやく。

「そこには獣族には薬になるが人族には毒になる植物も載っている。できるかぎり、他の者には見せないでほしい。一応、獣族でなければ読めない術が施されているのだが、グレンみたいにたまに読めるやつもいるから……」

「え!?」

驚いてグレン様に目を向けると、視線をそらされた。

「グレンならば、読んだとしても悪いことには使わないと……信じてはいるがな……」

ロイズ様はそうつぶやくと、じっとグレン様を見つめた。

グレン様はにっこりと微笑むだけで、何も言わない。

「わかりました。なるべく人の目に触れないようにします」

わたしはそう告げたあと、左手首につけている精霊樹でできたブレスレットに向かって、抱えている書物を預かってほしいと念じた。

するとパッと書物が消える。

精霊樹でできたブレスレットは、精霊界にあるわたし専用の保管庫と繋がっていて、念じたりつぶやけば、保管庫にいる精霊たちがアイテムを預かってくれたり返してくれたりする。

……保管庫にいる精霊さんたちは、書物に目を通してもいいのかな!?

「あ、あの……!」

ロイズ様に確認したところ、大丈夫だろうという返事をもらった。

「手荷物もなくなったことだし、存分にパーティを楽しんでくれ」

ロイズ様はそう言うと、獣族の男性に囲まれているミカさんのもとへ向かっていった。

ミカさんは引きつった笑みを浮かべながら、大人しくしている。

ロイズ様がそばに来たことで、獣族の男性たちは散っていった。

着飾ったミカさんはとてもきれいなので、獣族の男性が集まるのもしかたないよね……。

「さて、お言葉に甘えて、パーティを楽しもうか」

「はい」

グレン様に返事をすると、さっと腕を差し出された。そっと手を乗せると、嬉しそうに微笑む。

それから二人で、人の少ないテーブルへと向かった。

テーブルには大皿が並び、オムライスやさまざまな味付けのパスタ、グラタンなどが山盛りで載っていた。

「ビュッフェ形式か……」

グレン様の言葉が理解できず首を傾げる。

「好きなものを好きなだけ各自皿に取り分けて食べるという食べ方だよ」

このテーブルだけでも八種類の料理が、隣のテーブルにはポテトサラダやマカロニサラダ、生野菜などが数種類、さらに隣のテーブルにはハンバーグやステーキなどの肉料理がたくさん……、餃子(ギョーザ)や焼売(シューマイ)などが載っているテーブルも見える。

奥のほうにはデザートが載ったテーブルが見えるので、料理は百種類以上あるかもしれない。

「迷ってしまいますね……」

苦笑いを浮かべると、グレン様が教えてくれた。

「迷う場合は、取り分ける量をほんの少しにして、味を確認してから、気に入ったものをもう一度取りに行けばいいよ」

いろいろな種類の料理を食べられるのだと思ったら、ワクワクしてきた。

「ひとまずどんな料理があるか確認してから取り分けようか」

「はい」

頷いたあと、各テーブルの前を確認しながら通りすぎていく。

肉料理がたくさん載っているテーブルと料理人が目の前でローストビーフを切り分けてくれる

テーブルの前には、特に強そうな獣族たちが集まっている。

サラダや野菜料理が載っているテーブルの前には、うさぎ耳や馬耳のどちらかといえば大人しそうな獣族たちが集まっている。

「獣族の強者は肉が好きなんだろうね」

グレン様の言葉にコクコクと頷いた。

一番端のテーブルには一口サイズに丸くくり抜いた果物や小さなカップに入ったムース、四角く切ったケーキの他に、餡子を使ったぜんざいや三色のお団子など、デザートがたくさん並んでいた。

「どれもかわいらしくて、素敵ですね」

そうつぶやくとグレン様は優しく微笑んだ。


すべてのテーブルを見終わってから、わたしとグレン様はそれぞれ食べたいと思ったものを取りに行くことにした。

「チェルシーは何にするんだい？」

「わたしは、あちらのテーブルにある餃子や焼売や小籠包を取ってこようと思っています」

「では一緒に行こう」

グレン様はそう言うと、お皿を手に持ち歩き出した。

テーブルの前に行くと、新たにつやつやした見た目の海老蒸餃子が追加されていた。

ひとくちサイズの少し小さめで薄い桃色の見た目がとてもかわいい！

わたしが目をキラキラさせていたからか、グレン様がお皿に取ってくれた。

「他には何がほしいのかな？」

「あとは……」

焼売や春巻き、小籠包など名前を出すたびに、グレン様が取ってくれる。

気づけば食べたいと思ったものすべてをお皿に取ってくれていた。

「もういいかな？」

「ありがとうございます！」

グレン様からお皿を受け取ると、きれいに盛り付けられていた。

その後、グレン様も食べたいものをお皿に盛り付けて、少し離れた場所にある飲食可能なテーブルつきのベンチへと向かった。

グレン様と隣り合わせになり、お城を見ながら料理を食べる。

クロノワイズ王国の貴族のマナーとして食事中は会話をしないのだけれど、ラデュエル帝国ではそれが許されているようで、周囲からにぎやかな声が聞こえてくる。

こういう人の声がある中で食べるというのも珍しく、なんだか楽しい。

プリプリの海老蒸餃子を食べるとあまりにもおいしくて、わたしは声にならない声を出した。

ふふっと隣から笑い声が聞こえる。

視線を向けるとグレン様が楽しそうに笑っていた。

「もうひとつ食べるかい？」

グレン様はそう言うと海老蒸餃子をお箸で摘んで、わたしの口元へ寄せてきた。

とてもおいしかったので食べたい気持ちと、こんなにたくさん人がいる中で食べさせられるのは恥ずかしいという気持ちがせめぎ合っていたけれど、もうひとつ食べたい気持ちが勝って、そっと口を開けた。

グレン様は嬉しそうに目を細めながら、わたしに海老蒸餃子を食べさせた。

二つ目の海老蒸餃子は恥ずかしさとグレン様の表情にドキドキして、味がわからなかった……。


食べ終わって紅茶を飲んでいたところ、犬耳の男性に声を掛けられた。

「グレンアーノルド殿下、チェルシー様、お久しぶりです！」

犬耳の男性はそう挨拶すると、軽く頭を下げてきた。

「以前、クロノワイズ王国との国境まで護衛としてついていった武官です」

「ああ、サンドスコーピオンを倒したときに一緒にいたね？」

グレン様は犬耳の男性の少し頭上を見ているので、鑑定しながら返事をしているらしい。

「覚えていてくださって嬉しいです」

犬耳の男性は尻尾をぶんぶんと揺らした。

「いつかお会いできたら、お礼を言おうと思っていました。かぼちゃの種を蒔いてくださって、本当にありがとうございました。おかげで多くの獣族の命が助かりました」

犬耳の男性はわたしに向かって深く頭を下げたあと、嬉しそうに語った。

「帝都へ戻るまで、あちこちの休憩地に立ち寄ったのですが、飢えて苦しんでいた人たちが大切そうにかぼちゃを抱えて持ち帰る姿を何度も見かけました」

そのかぼちゃは村中の人たちで分け合って食べたらしい。

犬耳の男性も分けてもらったのだと嬉しそうに語った。

「みんな飢えをしのげたことに、とても感謝していました」

ロイズ様からお礼を言われたり、表彰されたりしたけれど、あまり実感が持てなかった。

けれど、こうして実際に飢えをしのぐ現場を見た人から話を聞いたことで、わたしがしたことは誰かのためになったのだときちんと理解できて、胸が温かくなった。

「あのとき食べたかぼちゃの種は、みんなお守りにして持ち歩いているんですよ」

犬耳の男性はそう言うと、精霊樹の木片と一緒に首飾りにしているかぼちゃの種を見せてくれた。

グレン様は何も言わずに、優しい微笑みを浮かべたまま背中を撫でてくれる。

なんだかくすぐったい気持ちになり、うまく言葉を返せなかったけれど、犬耳の男性は笑顔で去っていった。

2. と お買い物

I'll Never Go Back to Bygone Days!

グレン様とロイズ様が二人で大事な話をすると言ったので、わたしはミカさんと精霊姿のリーンに連れられて、帝都で買い物をすることにした。

いつもだったら一緒に買い物に行くエレだけれど、『リーンがいるなら、我が行く必要はなかろう』と言って、どこかへ行ってしまった。


「滞在期間が延びましたし、ゆっくりお買い物ができますわね」

帝都の中心にある大通りで馬車を降りると隣を歩いているリーンがそう言った。

今日は一緒に買い物へ行くため、人に近い精霊姿になっている。

リーンはお城にいるときは鳥の姿に、帝都や町を歩くときは人に近い精霊の姿で過ごしているらしい。

燃えるような赤い髪に赤い瞳をしているリーンは、とても目立つらしく、すれ違う人たちの視線を集めていた。

「どんな物があるのか、楽しみです」

両手の拳をぎゅっと握りながらそう言うと、リーンもミカさんも微笑(ほほえ)んだ。

左手首につけている精霊樹でできたブレスレットは、精霊界にあるわたし専用の保管庫とつながっていて、保管庫の精霊たちが管理をしてくれている。

頼めばたいていの物は預かってくれるのだけれど、短期間で腐るようなものはなるべく入れないでほしいと言われている。

そんな保管庫を持っているので、わたしは行く先々の町で、休憩のときにみんなと一緒に食べるためのお菓子を買って、預かってもらうようにしている。

「昔からラデュエル帝国の帝都では、ドライフルーツがたくさん売ってるのよ～」

「最近ではクッキーやビスケットのような焼き菓子のお店も増えましてよ」

「どちらも気になりますね……」

たくさん買っても食べきれないため、悩んでいるとミカさんがニヤッと微笑んだ。

「とりあえず見てから考えるのよ～」

ミカさんはそう言うとわたしの腕に腕を絡めて、引っ張るような形で帝都の中心にある大通りから東にある市場へと向かった。

市場に着くとさまざまな屋台が並んでいた。

干し肉や燻製(くんせい)、お茶に果物、餡子(あんこ)を使ったお菓子屋さんに量り売りの飴(あめ)屋さん……。

どこを見てもお客さんがいて、店員さんとやりとりをしている。

値切っているお客さんの声がとても大きく聞こえて、少しだけビクッとした。

「着いたのよ～」

ミカさんがパッと腕を離しながら、そう言った。

ドライフルーツ専門の屋台には、大きな木箱に入ったドライフルーツがいくつも並んでいた。

「はい、いらっしゃい。うちは種類豊富なのが自慢なんだ！　見ていっておくれ」

店員のおばさんはそう言うとニカッとした笑みを浮かべて、商品を説明してくれた。

「端から、ぶどう、あんず、いちじく、みかん、もも、さんざし、いちご、とまと……」

本当に種類が多くて途中でわからなくなってしまった。

「ど、どれにしましょう……」

迷っているとお店のおばさんが言った。

「ひとつの袋に全種類少しずつ入れるってこともできるからね！」

「それって交ぜるってことですか？」

そう尋ねるとお店のおばさんが頷(うなず)いた。

「いろいろな味を交ぜると、食べるときに何が当たるかわからないから楽しいのよ～」

ミカさんはそう言うと尻尾を揺らした。

「それはワクワクして楽しそうですね」

そうしてわたしは全種類少しずつ入れた袋を二つ買った。

ドライフルーツは日持ちするから、少しずつみんなで食べればいいよね。

喜んでくれるといいな……。

そう思いながら、精霊界にある保管庫にドライフルーツの入った袋を預けた。


「次はわたくしおすすめの焼き菓子のお店を目指しますわよ！」

精霊姿のリーンが先ほどのミカさんのようにわたしの腕に腕を絡めて、引っ張りながら歩き出す。

今度は市場から北に進み、カラフルなお店が並ぶ通りへと向かった。

赤いレンガで作られたパン専門店の隣に、青色のタイルが張られた服のお店、さらに隣には真っ黒い壁に金色の看板を掲げたアクセサリーの工房……。

「どこのお店もすごい色ですね……」

驚きながらそうつぶやくと、精霊姿のリーンが答えた。

「最近、好きな色に着色できるっていう変わったスキル持ちが二人同時に現れたらしくて、競うようにこのあたりの建物の色を変えているのですって。もちろん、建物の持ち主の許可を取っているのだけれど……少し目がチカチカしますわね」

リーンはそう言うと苦笑いを浮かべた。

たしかに少しだけ目がチカチカするかもしれない……。

わたしは目に優しそうな色だけ見るようにしながら、通りを歩いた。

しばらく歩いていると目的の焼き菓子のお店に着いた。

焼き菓子のお店の壁は扉のあたりがこげ茶色で他が黄色だった。

「ひまわり……？」

パッと思い浮かんだ植物の名前を口に出すと、リーンが大きく頷いた。

「正解ですわ。ここの店長さんはひまわりが好きなのですって！」

納得しながら扉を開ける。

店内は目に優しい木目調の色合いだったのでほっとした。

「いらっしゃいませ。あら、リーン様……お友だちを誘ってきてくださったんですね」

たれ目で馬耳の店員さんがわたしたちに笑顔を向けた。

「焼き菓子ならこのお店だと思って、一緒に参りましたの」

リーンはそう言うと絡めていた腕をはずした。

「まあ、嬉（うれ）しいこと言うわね。おまけするわよ」

店員さんはそう言うと先ほどとは違って、はにかむような嬉しそうな笑みを浮かべた。

「さあ、チェルシー様。選んでくださいませ」

リーンに促されて、店内を見回す。

マドレーヌにフィナンシェ、フルーツたっぷりのパウンドケーキ、アップルパイやレモンパイ、タルトタタンにビスコッティ、ガレットにクッキーなど、目移りするほど並んでいる。

「……どうしましょう……」

またしても迷っていると、リーンが微笑んだ。

「わたくしのおすすめはナッツたっぷりのクッキーですわ」

リーンはそう言うと、入り口から離れた場所にある棚の前に立ち、指差した。

生地に砕いたナッツを練り込み、さらに表面にもナッツを載せてあって、言葉のとおりナッツたっぷりのクッキーだった。

たしかにおいしそう……！

でも、他にもおいしそうなものがあるし……。

迷っていたら、今度は店員さんがおすすめを教えてくれた。

「本日焼き立てのビスコッティがおすすめですよ」

たしか二度焼くことで水分を飛ばして、一カ月以上も保存ができるようにしたお菓子だったはず。少し固いけど、腹持ちもいいんだっけ。

悩んだ結果、リーンおすすめのナッツたっぷりのクッキーと店員さんおすすめのビスコッティを二袋ずつ、それからマドレーヌとフィナンシェも二袋ずつ買ってしまった。


買いすぎてしまったかも……。

おいしそうだったから、ついついたくさん買ってしまったけれど、食べきれるかな……。

お店を出たあと、抱えている大きな紙袋を覗きながら、ふとそう思った。

今、手に持っているのは焼き菓子の入った紙袋だけだけれど、ここに来る前にドライフルーツも買っている。

ドライフルーツとビスコッティは日持ちするけれど、それ以外の焼き菓子は……。

みんなに食べてもらったとしても、もしかしたら食べきれずに傷んでしまうかもしれない。

どうしよう……。

「何か困ることでもありまして？」

どうやら言葉に出ていたらしく、リーンが不思議そうに首を傾げていた。

「食べきれずに、残してしまうかもしれないと思って……」

そう相談するとリーンがにっこりと微笑んだ。

「余るのでしたら、保管庫の精霊たちに配ってはいかがかしら？　精霊界にいる精霊にとって、こちらの食べ物はご馳走でしてよ」

それは知らなかった……！

「いつもお世話になっているので、そうします」

リーンの言葉に頷くと、わたしは抱えている大きな紙袋から、ナッツたっぷりのクッキーが入った袋をひとつ取り出した。

「この袋に入っているクッキーを保管庫の精霊さんたちで食べてください」

そう口にすると、クッキーの入った袋がパッと消えた。

精霊樹でできたブレスレットが一瞬キラッと光ったので、きっと喜んでくれたのだろう。

その後、抱えていた大きな紙袋も預かってもらえるよう念じた。


帝都の中心にある大通りに戻り、待たせていた馬車に乗り込む。

市場や大通りでの出来事を思い返して、あれこれ話していたところで、精霊樹でできたブレスレットから小さな光が飛び出してきた。

ミカさんには見えないようで特に気に留めた様子がない。

「あら？」

精霊であるリーンには見えるので、光に気づいて、そうつぶやいた。

小さな光はしばらく馬車の中をくるくる回るとわたしの手の甲に止まった。

『チェルシーさま、こんにちは！　ほかんこのせいれいたちから、でんごんがあるよ！　おいしいクッキーをありがとう！　とってもおいしかった、って言ってたよ！』

小さな光にしか見えない伝達の精霊が、保管庫の精霊たちからの伝言を教えてくれる。

「喜んでくれてよかった」

小声でつぶやきながら、伝達の精霊に向かって微笑むと、不思議そうにミカさんが首を傾げた。

「伝達の精霊さんが現れたんです」

わたしは手の甲の上にいる光をそっと指しながら、お礼を言いに来てくれたことを伝えた。

ミカさんはじっとわたしの手の甲を見つめたあと、にっこり微笑んだ。

「お礼を言いに来るなんて、伝達の精霊くんはいい子なのよ～」

伝達の精霊はこの世界に現れることができる精霊の中では、一番階級が低く力が不足しているため、わたしと精霊たちにしか姿が見えない。

声に関しては、伝達の精霊であるため、わたし以外の人に伝えようとすればできるのだけれど、とても大変なことなのか『あまりやりたくない……』と言っていた。

伝達の精霊はミカさんに褒められて嬉しかったのか、ほんのりとピカピカ点滅した。

わたしとミカさんがそんな会話をしている横で、リーンは考え込んでいる。

「低位の精霊は上位の精霊の命令であっても、根気よく教え込むか脅すかしないかぎり、自由に動き回ってなかなか言うことを聞きませんのに……ここまで大人しく従うなんて……」

『したがってるわけじゃないよ！』

手の甲に乗っている伝達の精霊が激しくピカピカ光り、抗議の声を上げる。

わたしもコクコクと頷く。

「伝達の精霊さんは、わたしのためを思って動いてくれているだけで、従わせているわけではないです」

きっぱりとそう告げれば、リーンはじっと伝達の精霊を見つめ始めた。

「小さき精霊は、チェルシー様を大切に想っていますのね？」

『もちろんだよ！』

リーンが確かめるような口調で尋ねると、伝達の精霊は淡い光を放った。

『いつかチェルシーさまに名前をつけてもらうんだー！』

「名前をつける？」

首を傾げるとリーンが教えてくれた。

「精霊は大切な人に名前をつけてもらうと階級がぐぐっと上がるのですわ。こちらの世界にいられる時間が延びるし、できることも増えますの。精霊にとっていいことづくしですわ」

「そうなんですね。では、なるべく早くつけなくては……」

いい名前をつけないと……。どんな名前にしようかな……？

考えようとしたところで、リーンが首を横に振った。

「急ぐ必要はありませんわ。それに名前をつけるには条件がありますのよ」

「どんな条件なんですか？」

首を傾げるとリーンの代わりに伝達の精霊が教えてくれた。

『名前をつけてもらうかわりに、おねがいごとをかなえるよ！』

「つまり……どんなお願いをするか決めなくてはいけないってことですよね……？」

名前だけでなくお願いごとも考えなくては……。

「小さき精霊が叶(かな)えられる範囲の願いごとですから、そこまで難しく考える必要はありませんのよ」

リーンにそう言われたけれど、すぐには思い浮かばなかった。

それからお城に戻るまでの間、どんな名前にするか、どんなお願いをするか、リーンとミカさんの三人であれこれ話し合ったけれど、結局決まらなかった。

幕間1. グレンとロイズ

Interlude

チェルシーとミカとリーンが仲良く買い物をしているころ、俺ことグレンは、ロイズに招かれて執務室を訪れていた。

クロノワイズ王国にある俺の執務室と同じく、ロイズの執務室には応接用のソファーとローテーブルが置かれている。

向かい合わせになってソファーに腰掛ける。

「大事な話って?」

俺とロイズはお互いに転生者と知ったときから、砕けた口調で話す仲となっている。

人払いを済ませた執務室でそう尋ねると、ロイズはニヤッと笑った。

「まあ、まずはこれを見せてからだな」

ロイズはそう言うと、何もない空間……アイテムボックスから瓶に入った液体とグラスを二つ取り出し、ローテーブルの上に置いた。

すぐにその瓶に入った液体に【鑑定】スキルを使う。

鑑定結果は、ラデュエル帝国産の米を使った日本酒の原酒。

「日本酒……だと!?」

驚きのあまり、おかしな口調でそう言うと、ロイズは面白そうに声を上げて笑った。

「帝国内でしか出回っていないものなんだが、いける口か？」

「いけるなんてもんじゃないね。まさか、異世界で日本酒を目にするとは思わなかったよ」

喜びを隠さず素直にそう告げると、ロイズはまたしてもニヤッとした笑みを浮かべた。

そして、アイテムボックスから、小型の魔道具のコンロと網、さらに魚のヒレを乾燥させたものを取り出す。

「……もしや、エイヒレ？」

鑑定せずにそう問えば、ロイズはうんうんと頷く。

「日本酒とあぶったエイヒレ。最高だろう？」

今度は俺がうんうんと頷く番だった。


小型の魔道具のコンロに点火し、網の上にちぎったエイヒレを載せる。

部屋にあぶったエイヒレの香りが漂い始めたころ、窓から猫姿のエレが入ってきた。

『この香りはなんだ？』

どうやら、香りにつられて部屋にやってきたらしい。

俺とロイズは顔を見合わせると、プッと吹き出した。

「前世で酒のつまみにしていたエイヒレだよ」

『酒とは、その瓶の中の液体か』

猫姿のエレは、日本酒とエイヒレを交互に見つめる。

「精霊王殿も一緒にどうか？」

ロイズが恭しく尋ねると、エレは気を良くしたようで精霊姿へと変わった。

「よかろう」

アイテムボックスからもうひとつグラスを出し、それぞれに日本酒を注いだ。

三人でグラスを交わし、あぶったエイヒレをかじる。

この味だ……懐かしい……！

「こんなおもてなしをされたら、なんでも話してしまいそうだ」

俺のつぶやきに、ロイズは満足気な表情になった。

「それで、どんな話を聞きたいんだい？」

くいっとグラスに入った日本酒をあおりつつ尋ねると、ロイズは視線を遠くへ向けた。

「そんな難しい話じゃない。そっちにいる間、ミカはどう過ごしていたのかと思ってだな」

俺は何度も瞬き（まばた）きを繰り返した。

ミカはロイズの養女にあたる。

つまり、遠くにやった娘がどう過ごしていたか知りたいということで……。

「……親ばか？」

ロイズは照れくさいのを隠すようにグラスに残っていた日本酒を一気に飲み干した。

「言うな……」

「ミカがどう過ごしていたか……か」

俺の知る範囲だと、チェルシーの専属料理人兼メイドとして働いていたこと以外、特に思い出せることはない。

どう答えたものかと考えていたら、精霊姿のエレがつぶやいた。

「ミカであれば、チェルシー様と仲良く菓子作りに励んでいたぞ」

「そうなのか！」

ロイズは嬉しそうにそう言うと、エレの持っていたグラスに日本酒を注ぐ。

「時間を見つけては図書館へ行き、料理の本を読んでいたな。あとは、他のメイドたちと買い物に行く姿も見かけたぞ」

その程度の話でよければ、俺にも伝えられることがある。

「チェルシーの部屋の隣にキッチンルームを作ったから、気兼ねなく料理ができるし、アツアツを届けられると言っていたね」

「それはとても喜んだだろうな」

ロイズはミカの姿を想像するように遠くに視線を向ける。

その顔はどこから見ても、子どもを案ずる親の顔で、ロイズとミカの仲の良さが伝わった。

「しかしなぜ、直接ミカに聞かぬのだ？」

精霊姿のエレが不思議そうな顔をしながら聞いてくる。

「それはその……」

ロイズが口ごもるので、俺は笑いを堪えつつ答えた。

「照れくさいからだよ」

図星をつかれたからか、ロイズは日本酒の入った瓶を持つと俺から遠ざけた。

「グレンにはもう飲ませてやらん」

「それは困る。悪かった」

素直に謝りつつ、グラスを差し出す。

「……しかたないな。他に何をしていたか教えれば許してやろう」

ロイズはそう言うと、俺のグラスに日本酒を注ぐ。

その後、日本酒の入った瓶が空になるまで三人で語り合った。

3. 挿し木用の枝

I'll Never Go Back to Bygone Days!

滞在期間ぎりぎりまで、帝都や近隣の都市へ観光したり、農場体験をしたり……あとは何度もお買い物に行ったり……と、ゆっくり過ごした。

ロイズ様は言葉どおり、わたしたちを全力でもてなしてくれたらしい。

こんな風に過ごすとは思っていなかったので、何をしても新鮮だったし、とても楽しかった。


ラデュエル帝国に到着してから半月後、わたしたちは出発当日の朝を迎えた。

朝食を済ませて、着替え終わると、客室にノックの音が響いた。

現れたのはグレン様で、すでに出発準備が整っているようだった。

「まずはラデュエル帝国の精霊樹のもとまで向かおうね」

グレン様の言葉にコクリと頷(うなず)く。

ラデュエル帝国の精霊樹は、お城の窓から見えるくらいの距離にある。

途中でロイズ様とミカさん、猫姿のエレと鳥姿のリーンと合流して、精霊樹のもとまで向かった。

精霊樹は高い柵で囲まれていて、柵の周囲には警備の武官が巡回している。

さらにロイズ様が精霊樹と柵に魔術を掛けているそうで、害されることはない。

害されないようにと行った措置だったけれど、『間近で見たい！』という要望が多くあり、身元確認を行ったあと入場料を払えば、精霊樹の根元近くまで行けるようにしたらしい。

今日は他の人にあまり見られたくないことをするので、わたしたちがいる間は貸し切りにしてもらった。

ロイズ様、鳥姿のリーン、猫姿のエレ、わたし、グレン様、ミカさんの順番で柵の内側へと入る。

柵の内側はそこまで広くないこともあり、護衛の騎士や武官たちには柵の外で待ってもらうことにした。

囲うようにして精霊樹の前に立つと、エレが猫姿から精霊姿へと変わった。

地面につきそうなくらい長い銀糸のような髪に、世界樹の葉っぱを模したイヤリング、じゃらじゃらと音がしそうな派手なネックレス……ひさしぶりに精霊姿のエレを見たけれど、神々しい。

人ではないのだから、神々しいというたとえは正しいのかもしれない。

「しばし待っておれ」

精霊姿のエレはそう言い残すと、精霊樹の幹の中に吸い込まれるようにして消えていった。

「どういう仕組みになっているんだ？」

ロイズ様は首を傾（かし）げると、精霊樹の幹に手を伸ばす。

すると手首から先が精霊樹の幹の中へと消えていく。

ロイズ様はニヤッと笑うと何度も精霊樹の幹の中へ手を出し入れした。

「これは面白いな」

『ロイズ様は火の精霊であるわたくしの契約者ですもの。契約者は精霊樹を通ることが可能ですわ』

「そういえばそうだったな。あとは精霊の許可を得た者だけが通れるのだったな？」

ロイズ様が鳥姿のリーンに問う。

『そのとおりですわ。初代の精霊樹の出来事がありましたので、現在はどなたにも許可を与えていないはずですわ』

鳥姿のリーンの言葉を聞いたグレン様が考え込むような仕草をした。

「通れるかどうか、試してもいいかい？」

グレン様がロイズ様に確認する。

ラデュエル帝国の精霊樹なので、むやみに触ってはいけないから確認を取ったのだろう。

「グレンだったら害することはないだろうし、あのスキル持ちが通れるのか気になるから、やってみてくれ」

ロイズ様が頷くと、グレン様が精霊樹の幹に触れた。

しかし、ぺたぺたと音がするだけで何も起こらない。

「本当に許可がない者は通れないんだね……【転生者】スキル持ちなら通れるかと思ったんだけどね」

グレン様は何事かをつぶやきつつ、納得した様子で幹に触れるのを止めた。

「ミカも試すのよ～」

「おお、やってみろ」

ミカさんもグレン様と同じように精霊樹の幹に触れたけれど、何も起こらなかった。

「どうせだから、チェルシー様も触っておくか？」

ロイズ様の言葉に、わたしは強く頷いた。

実はわたしも触ってみたかったので、順番が回ってきて嬉しい。

わたしは精霊を統べる王であるエレの契約者なので、精霊樹を通ることはできる……と思うのだけれど、精霊樹の幹に触れたことはなかった。

枝には触れるというか、乗ったことがあるのだけれど、幹とは違うのかな？

「触ります……！」

少しドキドキしながら、精霊樹の幹に右手を伸ばす。

ロイズ様と同じように右手が幹の中へと消えていく。

「あれ？　引っ張られてるような？」

精霊樹の内側……精霊界側からわたしの右手を引っ張っている人がいるような？

それを告げると、グレン様がわたしを横抱きにして精霊樹から遠ざけた。

そしてすぐにじっとわたしの頭上を見つめてくる。

「……特に異常はないね？」

「はい、大丈夫です」

右手を見せると薬指にはまっている水色の宝石がついた婚約指輪がきらりと光った。

普通は左手の薬指に婚約指輪をつけるのだけれど、この指輪は装着者の身に危険が及ぶと自動で防御の魔術が発動する魔道具で、簡単にははずせないようにできている。

結婚指輪は左手の薬指につけてほしいというグレン様の願いから、この指輪は右手につけている。

『チェルシー様は原初の精霊樹の種を生み出した方ですから、上位の精霊たちからとても人気がありますの。チャンスがあればいつでも精霊界へ招待したいと言っていたのを思い出しましたわ』

鳥姿のリーンは大きなため息をつくと、精霊樹の幹に頭だけ突っ込んだ。

はたから見ると頭のない真っ赤な鳥に見えて、少しだけ怖い……。

グレン様がリーンの姿が見えないように、わたしを抱えながら後ろを向いてくれた。

あ！　抱えられたままだった！

小声で下ろしてほしいと伝えると、グレン様は苦笑しつつも下ろしてくれた。

そんなやりとりをしている間にリーンは精霊樹の幹から頭を抜いたらしい。

『まさかチェルシー様の同意なしに精霊界へ連れて行こうとする不届き者がいるとは思っておりま

せんでしたわ。しっかりと注意しておきましたので、大丈夫ですわ！』

鳥姿のリーンが翼をめいっぱい広げて、そう言った。


それからしばらくして、木箱を抱えた精霊姿のエレが戻ってきた。

「挿し木用の枝を持ってきた」

エレはそう言うとわたしに木箱を渡してくる。

落とさないように気をつけながら受け取ると、エレは神々しい精霊姿から銀色の毛並みの猫姿へと変わった。

そして、わたしが持っている木箱の上に乗る。

『術を掛け始めるがゆえ、あとは頼む』

「気をつけて運ぶね」

わたしは猫姿のエレに向かって頷いた。

マーテック共和国で挿し木をするまで、エレは木箱の中に入っている挿し木用の枝に、乾燥しないよう、傷まないようにする術を掛け続けなければならない。

なるべく早く挿し木しないと……！

「さて約束どおりマーテック共和国との国境まで送って行こう。まずは帝城に戻るぞ」

ロイズ様の言葉に全員頷き、精霊樹を囲う柵の外に出る。

柵の外で待っていた護衛の騎士や武官たちと合流したあと、わたしたちはお城へと戻った。

お城に戻り、表彰式と宴会を行った大庭園へと移動する。

そこには十人乗りの馬車くらいの大きさの窓と扉のついた箱のようなものが二つ並んでいた。

ひとつは護衛の騎士たちが乗り、もうひとつはわたしたちが乗るのだそうだ。

「チェルシー様が乗るほうの駕籠(かご)は、ふかふかのカーペットに大きなクッションを置いた特別仕様だから、土足厳禁な！」

ロイズ様はそう言うと、笑みを浮かべながら片方の箱……駕籠の扉を開けて内装を見せてくれた。

毛足の長いカーペットと、柔らかな色合いのとても大きなクッションが見える。

「ありがとうございます」

お礼を言ったあと、扉の手前で靴を脱ぎ、駕籠に乗り込んだ。

毛足の長いカーペットは想像していたよりもややわらかかで、歩くと軽く沈み込む。

「うわぁ……ふわふわ……！」

感触が楽しくて駕籠の中を歩き回っていると、グレン様とミカさんも乗り込んできた。

扉が閉まると窓の外に翼を広げた鳥姿のリーンが見えた。

リーンはロイズ様が不在の間、帝都を守るためここでお別れとなる。

『チェルシー様、お元気で！　また手紙を送りますわ』

「わたしも送るから……またね」

窓を開けてそう告げると、リーンはそのままどこかへ飛んでいった。

見送りは寂しいからしたくないと手紙に書いてあったのを思い出した。

窓から護衛の騎士たちが乗る駕籠を覗けば、据わり心地のよさそうなソファーが並べてあった。

たぶん、護衛の騎士たちの靴は脱ぎにくいブーツだから、カーペットは敷かなかったのだろう。

ロイズ様のおもてなしの心をこんなところでも感じて、嬉しくなった。

護衛の騎士たちがもうひとつの駕籠に乗ると、ロイズ様が変身した。

真っ黒なウロコを持つ蛇のように長い体に、馬のような深い緑色のたてがみ、蜥蜴と同じ位置に手足があって、翼はない。

グレン様が言うには『東洋の龍』という生き物だそうで、おとぎばなしに出てくる竜とは違う形をしている。

「行くぞ」

ロイズ様は駕籠を片手にひとつずつ持つと、ふわっと浮かび上がった。

翼がないのに空を飛べるなんて、やっぱり不思議……。

開けたままの窓から外を覗くと、どんどん地面が遠ざかっていくのが見える。

遠くに見える山々が深い緑色をしていて、ラデュエル帝国は瘴気から立ち直ったのだと実感した。

高くなるにつれて冷たい風が駕籠の中に入ってくる。

わたしは慌てて窓を閉めた。

窓辺から景色を堪能したことだし、ロイズ様が用意してくれたとても大きなクッションに座ってみよう。

すでにグレン様とミカさんはクッションに座ってくつろいでいる。

わたしも同じようにクッションに座ると、包み込まれるような形になって、木箱を持っているのもあってか立ち上がろうとしても簡単に立てない。

それに驚いているとグレン様が微笑んだ。

「立ち上がるときは手伝うから、今はゆっくり座っているといいよ」

「はい」

グレン様の言葉に頷いたあと、三人でラデュエル帝国での思い出話をしていた。

表彰式を行って称号と書物をもらったこと、グレン様とロイズ様がお酒を飲んで一晩明かしたこと、ミカさんは皇女らしい振る舞いを求められて困ったこと……。

そんな他愛もない話をしていた。

「そういえば、もらった書物は読んだ？」

グレン様に問われて、頷く。

「はい、目を通し終わりました。今は気になったページを読み返しているところです」

獣族だけが読める植物に関する書物には、ラデュエル帝国にしか自生していない植物について多く書いてある。

おいしそうな果物についても書かれていたので、いつか種を生み出したい。

そんなことを考えていたら、隣からすうすうという寝息が聞こえてきた。

視線を向ければ、ミカさんが気持ちよさそうに眠っていた。

「朝早かったですもんね」

そうつぶやくと、小さなあくびが出た。

「到着まではまだだいぶかかるし、少し寝ておこうか」

グレン様の言葉に頷き、目を閉じるとあっという間に眠ってしまった。

＋＋＋

途中の町で休憩を挟みつつ、お昼すぎに国境手前にある町に着いた。

町の外で駕籠を下ろしてもらい、靴を履いて順番に降りる。

揺れが少なかったのもあって、ふらつくことなくすんなり歩くことができた。

ロイズ様が気を遣ってくださったに違いない。

護衛の騎士たちを含めて全員が降りたのを確認すると、ロイズ様は駕籠をアイテムボックスの中へと片付け、そのあと、人の姿へと戻った。

町の中から細身の馬耳のおじさんが走ってやってきた。

「ようこそいらっしゃいました、みなさま方」

馬耳のおじさんはそうあいさつすると、この町の町長だと告げた。

「預けてあったものは無事だな？」

「もちろんでございます！　どうぞこちらへ！」

ロイズ様の言葉に頷いた町長が、町の広場へと案内してくれる。

広場に近づくにつれて、見慣れた馬車が見えてきた。

「あれっていつも乗っている馬車……？」

わたしのつぶやきに、ロイズ様がニヤッと笑った。

「もてなしのひとつとして、グレンたちが乗っていた馬車をここへ運んでおいた。やはり乗り慣れた馬車がいいだろう？」

クロノワイズ王国からずっと乗っていた馬車には、グレン様がさまざまな魔術を施していたため、とても乗り心地がいい。

てっきり帝都に置いてきたと思っていた馬車が、国境手前の町にあるなんて思っていなかったので、とても驚いた。

「この馬車は特別製だから、正直ありがたい」

グレン様が嬉しそうに微笑む。

よく見れば、馬車につながれている馬や護衛の騎士たちが乗る馬もクロノワイズ王国から一緒に来ている馬たちだった。

護衛の騎士たちが愛馬のもとへ向かうと、馬たちは嬉しそうに鼻を鳴らした。

「なんだか前よりも馬たちが元気に見えますね」

あきらかに前よりも毛艶がよくなり、機嫌のよさそうな馬たちを見つめながらつぶやくと、馬耳の町長が胸を張りながら答えた。

「馬人は馬の言葉がわかるので、何を求めているのかわかるのですよ」

つまり、わたしたちが到着するまで、馬たちはこの町で大事にされていたということ。

それがわかって、とても嬉しくなった。

「我が国のもてなしはどうだっただろうか？」

馬車と馬の様子を確認していたら、ロイズ様が緊張した面持ちでそう聞いてきた。

「ひとことで言えば、最高だったね」

グレン様は少し考えたあと、フフッと笑いながら答えた。

ロイズ様は安心したようにホッと息を吐き、次にわたしに視線を向けてくる。

「よくしていただいて、とても嬉しかったです」

お城の客室は豪華だけれど温かみがあって過ごしやすかったし、メイドたちは丁寧な対応だけでなく楽しくお話をしてくれた。帝都や農場などいろいろな場所に連れて行ってもらい、楽しく観光ができた。護衛の騎士たちに対してもしっかりした対応をしてくれた。さらに馬車と馬たちを国境手前まで運んでもらい、大事にしてくれた。

思い返していくとだんだん胸が温かくなっていく。

わたしの表情を見て、ロイズ様は満足気に笑った。

4. とマーテック共和国

I'll Never Go Back to Bygone Days!

ロイズ様に別れを告げたあと、馬車に乗り込み、国境門へと向かう。

マーテック共和国の入り口となる国境門には、たっぷりのひげを蓄えたわたしよりも背の低い門番が立っていた。

「すごく立派なおひげですね」

きちんと櫛を通して整えているのだとわかる長いひげを見てつぶやくと、門番ははちきれんばかりの笑顔を向けてきた。

「お？　もしや嬢ちゃんはドワーフ族の男に会うのは初めてか？」

「はい、初めて見たので驚きました」

コクリと頷く。

「ドワーフ族の男はみんなひげを大事にしてるから、嬢ちゃんみたいに褒められると飛び上がるくらい嬉しいもんなんだよ。ありがとな！」

門番はそう言うと、通行許可証をさっと確認して、すんなり門を通してくれた。

「マーテック共和国には、ドワーフ族の他に、エルフ族とキュート族が暮らしているんですよね？」

サージェント辺境伯家の屋敷にいたころに、どの国にどんな種族が暮らしているかを学んだ。

国境門から遠ざかる馬車の中、それを思い出し質問すると、グレン様が微笑みながら頷く。

「そうだね。主にその三種族が暮らしているよ」

グレン様はそう言うと、三種族の特徴を簡単に説明してくれた。

「ドワーフ族は貴金属や鍛冶製品の製造が得意で、最近は魔道具の製造に取り組んでいるよ。見た目は人族よりも背が低く、耳の先が尖っていて、さきほどの門番みたいに男性は成人すると必ずひげを生やすんだ。あとはそうだね、男女ともに力持ちで筋骨隆々な方がたくさんいるよ」

グレン様はそう言うと腕を曲げて力こぶを示した。

「ドワーフ族はだいたい職人気質で気難しいのよ～。さっきの門番は珍しいほうなのよ～。あと、みんなきつ～いお酒が好きなのよ～」

ロイズ様がラデュエル帝国の皇帝になる前、ミカさんは一緒に大陸中を旅していたらしい。

なので、実際に関わった中で感じた特徴を挙げている気がした。

「エルフ族は革製品や木工製品の製造が得意で、最近は毛織物の製造に励んでいるらしいよ。見た目は人族よりも背が高くて、ドワーフと同じように耳の先が尖っているよ。だいたいみんなチェルシーみたいな淡い髪色をしていて、男女ともに顔が整っているね。美しいという表現が似合うかな」

「エルフ族は滅多に慌てたり怒ったりしないのよ～。みんな穏やかな性格なのよ～。あと、水のようにお酒を飲むのよ～」

美しくて穏やか……グレン様に近いのかな？　でも、グレン様は髪色が濃紺だから、間違うことはなさそう。

「キュート族は歌や踊り、楽器の演奏など音楽に関することが得意で、商売上手なのが特徴かな。見た目はドワーフよりもさらに背が低い。耳は長くて先が尖っていて、パッチリとした大きな目をしている者が多いよ」

「エルフ族が美しいなら、キュート族はかわいいなのよ～。あと、あま～いお酒が大好きなのよ～」

三種族とも耳が尖っていて、お酒が好きなんだね……。

ミカさんの言葉にグレン様がうんうんと頷く。

「基本的に明るい性格の者が多くて、よく歌っているそうだ」

ドワーフ族……先ほどの門番よりも背が低いということは、もしかしたらわたしの胸より背が低いかもしれない。

「小さい種族なんですね」

そう言うと木箱の上で丸まっていた猫姿のエレがつぶやいた。

『キュート族は小さくても侮れん。あいつらは口が達者だからな』

「詳しく聞いてもいいかな？」

グレン様が興味深げにエレに尋ねる。

『もともとドワーフ族とエルフ族はとても仲が悪かった。どちらも製造することを得意とする種族だから競い合っていたのもある。だから、別々の国を興そうとしていた』

国を興そうとしたころの話というと、神話の時代……古の文字が使われていたころのことじゃないかな……？

習った大陸の歴史を思い出しながら首を傾げる。

『そこへキュート族がやってきて、ドワーフ族は金属や宝石の加工、エルフ族は革や木材の加工、キュート族はそれらを販売するから、三種族で国を興そうと話を持ち掛けて……結果として、マーテック共和国ができた』

「今のドワーフ族とエルフ族は仲がいいから、信じがたい話だね」

グレン様はエレの言葉に驚いた表情をしていた。

＋＋＋

国境門からマーテック共和国の首都までは、馬車で十五日ほどかかる。

街道に沿いながら進み、町の宿に泊まる。

特に事故にも野盗にも魔物にも遭わずに進んでいたのだけれど、ひとつだけ気になっていることがあった。

「首都へ向かえば向かうほど、緑が減っているように思うのですが……」

馬車に揺られながら、そうつぶやくとグレン様が頷いた。

「不自然な感じで枯れているよね」

国境門を出たばかりのころは、山の木々は青々としていた。

ところが、国境門を出て十日目を過ぎたくらいから、山に枯れ木が交ざるようになった。

気のせいかと思っていたのだけれど、それは首都に近づけば近づくほど目立つようになり……。

そして、国境門を出て十四日目……つまり、明日には首都に着くとなった今日、山の木々はすべて枯れ、草一本生えていなかった。

十日目に寄った町で、泊まった宿のエルフ族の女将さんに山の木について聞いてみたら、『ここ数年どんどん枯れていってるのよ。雨も降っているのになんでかねえ？』と言っていた。

それを伝えると、グレン様は馬車の窓の外へと視線を移した。

「山は遠すぎて鑑定結果が見えないから、すぐそこの枯れてる畑を鑑定してみたんだけどね……。どうやらこのあたり一帯は、『魔力枯渇』の状態異常を起こしているらしい」

人はスキルや魔術を使うと魔力壺に溜めている魔力を消費して、睡眠や食事を摂ると回復する。

魔力欠乏症などの病気により、魔力壺に魔力が溜められずにずっと枯渇した状態でいると、人は衰弱して死に至る。

では、大地の場合は？

首を傾げると、グレン様が教えてくれた。

「まだはっきりと解明されたわけではないけど、雷や嵐、地震や山火事などが起こると空気や水、土の魔力は消費されるんだ。そして、数日すると自然に回復するらしい」

「つまり、自然に回復できないから、魔力枯渇になっている……？」

「そういうことになるね」

魔力欠乏症は、わたしが生み出した『エリクサーの種』で治すことができた。

大地の魔力枯渇も、わたしが種を生み出すことで治せたりしないかな……？

そんなことを考えていたら、グレン様がつぶやいた。

「原因がわからないまま、魔力枯渇を解消するために魔力を注いでも、それは一時しのぎにしかならないよ。だから、種を生み出すのは原因がわかってからね」

「どうして考えていることがわかったんですか……？」

驚いてそう問うと、グレン様はクスッと笑った。

「チェルシーは考えていることが顔に出るからね。見ていればわかるよ」

そんなに顔に出るのかな……？

両手で頬を隠していたら、グレン様は真剣な表情になり、また窓の外へと視線を向けた。

「種を生み出すにしても、ここは他国だから、植える許可も取らないとね」

精霊樹を挿し木するのにも、許可を取ったのだから、魔力枯渇を解消するための種を植えるのにも、許可が必要だろう。

グレン様の言葉に納得して、コクリと頷く。

そして翌日、わたしたちはマーテック共和国の首都に到着した。


マーテック共和国の主都は堀に囲まれていて、東西南北に首都に入るための上げ下げ式のつり橋が架かっている。夜になるとつり橋が上がって、首都へ入れなくなるらしい。

中央には塔のような形をしたお城があり、そこにマーテック共和国の各地域の代表が集まった代表団がいる。

わたしたちは東のつり橋から首都へ入り、お城へと向かった。

お城の前に馬車を停めると老若男女問わず、たくさんの人たちに出迎えられた。

その人だかりの中心に、キュート族の女性が立っている。

グレン様に続いて馬車を降りると、女性が両手を上げた。

「ようこそマーテック共和国へ」

その声に合わせて、周囲の人たちも両手を上げる。

どうやら、マーテック共和国流の歓迎のあいさつらしい。

「初めまして、私はマーテック共和国の総代表リリレイナです」

キュート族の女性……マーテック共和国の総代表であるリリレイナ様は、明るい緑色の髪を下ろし、膝上までのスカートに太ももまでのハイブーツを履き、足首までのロングコートを着ている。

クロノワイズ王国では、太ももを見せることははしたないこととされているので、リリレイナ様の服装にとても驚いた。

でも……わたしの胸よりも低い、子どもくらいの背丈なのもあって、違和感はなくとても似合っている。

リリレイナ様の背後にはマーテック共和国の代表団の人たちが立っていて、自己紹介はしなかったけれど、みんなそれぞれ会釈をしたり微笑んだりしていた。

代表団の人たちは、ドワーフ族とエルフ族とキュート族で構成されていて、女性と男性の比率はほぼ同じくらいに見えた。

各地域の代表の選び方は、男性女性関係ないのだろう。

「クロノワイズ王国、王弟グレンアーノルド・スノーフレークだ」

「わたしは、クロノワイズ王立研究所の特別研究員のチェルシー・サージェントでございます」

グレン様に続けてあいさつを交わすと、リリレイナ様は子どものような愛らしい笑みを浮かべた。

小さくて本当にかわいい……！

斜め後ろに立っているミカさんに視線を向けると、尻尾がぶんぶんと揺れている。

きっと、わたしと同じようにリリレイナ様をぎゅっと抱きしめたい気持ちになっているのだろう。

「精霊樹を挿し木したいというこちらの要請を受け入れてくださり、ありがたく存じます」

グレン様がお礼を告げると、リリレイナ様は両手を挙げた。

「ラデュエル帝国は、精霊樹を挿し木したことにより、国が豊かになったと耳にしました。我が国もその恩恵に与りたいと思っていたところに、殿下からの挿し木の申し入れ……こちらこそ感謝しております。すぐに挿し木していただき、今宵は盛大な祝賀パーティを開きましょう」

リリレイナ様はそう言うと、南の方角へ腕を差し出した。

それと同時に出迎えてくれた人たちが歓声を上げる。

「これで我が国も豊かになるぞ！」

「精霊樹の恩恵を受けられるぞ」

「早く挿し木して祝賀パーティを楽しもう！」

特に挿し木することに反対の声はなく、どちらかといえば賛成の声が多いと感じた。

歓迎されているようなので、少しだけホッとする。

「さっそくですが、挿し木していただく場所へとご案内いたします」

リリレイナ様の言葉に従い、わたしたちはもう一度馬車に乗り、首都の南へと移動することになった。

「休む間もなく挿し木してほしいと言われるとは思っていなかったね」

移動中の馬車の中で、グレン様は苦笑いを浮かべながらつぶやいた。

『我としてはすぐにでも挿し木してくれると助かるから、願ったり叶ったりだな』

それに疲れ切った声で猫姿のエレが答える。

エレはここに来るまでの十五日間、ずっと術を掛けて、挿し木用の枝を守っている。

もう少しだけがんばってね。

そんな気持ちで、エレの頭を優しく撫でた。

＋＋＋

首都の南側にあるつり橋を渡り、街道を少し進んだ場所で馬車が停まった。

グレン様に手を引かれて馬車を降りると、先に到着していたリリレイナ様と代表団の人たちが並んでいた。

「あちらに場所を用意してあります」

リリレイナ様がそう言うと、街道から少しそれた場所を指した。

そこはとても広い荒野で、遠くには山脈が見える。

かなり遠いようで、山にはところどころ緑が残っているのが見えた。

「あの山には昔から、子どもを守る霊鳥様が住んでいるのです」

わたしがじっと山を見つめていたからか、リリレイナ様はそんなことを話し出した。

「霊鳥様はとても賢く、善良な子どもが魔物に襲われていると助けてくれるのです」

「善良でなかったら……？」

ぽつりとつぶやくと、リリレイナ様がふふっと微笑んだ。

「もちろん、助けてくれません！　なので、マーテック共和国の子どもは善良であるようにと教えられて育つのです」

助けてもらえないんだ……。

リリレイナ様の言葉に驚きながら、歩いていると四方に杭が打たれた場所が見えてきた。

「精霊樹はとても大きく育つのだと耳にしました。この場所であれば、遮蔽物はなくのびのび育つでしょう。それでは、お願いします」

リリレイナ様はそう言うと、両手を挙げた。

『まあ、よかろう』

木箱の上に乗る猫姿のエレが、杭が打たれた場所を見て頷く。

「ここも魔力枯渇状態だけど、広さとしては問題なさそうだね」

グレン様もエレと同じように頷いている。

わたしは木箱を抱え直すと、グレン様と斜め後ろに立つミカさんに向けて告げた。

「では、いってきます」

グレン様は優しく微笑み、ミカさんは小さく手を振ってくれた。

木箱の上に乗る猫姿のエレとともに、四方に杭が打たれた場所の内側へと入る。

杭の外側には、グレン様とリリレイナ様、ミカさんと護衛の騎士たち、それから代表団の人たちが立っていて、じっとわたしの動きを見つめている。

わたしは緊張を振り払うように、その場にいる人たちに宣言した。

「これから精霊樹を挿し木します」

リリレイナ様は両手を握りしめて、子どものようにワクワクした表情を浮かべている。

代表団の人たちも同じようにワクワクした表情になっていた。

グレン様とミカさんはコクリと頷き、護衛の騎士たちは微動だにしなかった。

わたしの言葉を合図として、木箱の上に乗っていた猫姿のエレがひょいっと地面に降り立った。

ゆっくりと木箱の蓋を開け、そこから棒状の精霊樹の枝を取り出す。

キラキラとガラスのように輝く精霊樹の枝を見て、代表団の人たちがざわついた。

ガラスの棒にしか見えないもんね……。

わたしは苦笑いを浮かべつつ、左手につけている精霊樹でできたブレスレットを通じて、木箱を精霊界の保管庫へと預ける。

両手でガラスの棒にしか見えない精霊樹の枝を持ち、地面に突き刺す。

すると挿し木は一瞬だけ輝き、わたしの腰くらいの高さまで育つと動きを止めた。

おかしい……。

ラデュエル帝国で挿し木をしたときは、目を開けていられないほど枝が輝いて、あっという間に王立研究所の二階くらいまでの大きさに育ったのに……。

首を傾げていると、後ろでわっと歓声が上がった。

「これで、マーテック共和国も豊かになるぞ！」

「荒れた大地も元に戻るぞ！」

代表団の人たちが口々に叫ぶ。

そういえば、リリレイナ様も精霊樹を挿し木したら、国が豊かになるとか言ってたような……？

精霊樹は瘴気（しょうき）を寄せ付けないだけで、国を豊かにする効果はなかったはずだけど？

そんなことを考えていたら、代表団の間を縫うようにして、人族の男性が現れた。

マーテック共和国の代表団は、ドワーフ族とエルフ族とキュート族だけなので、人族がいるのはおかしい。

「この国を豊かにするのは代行者様であって、精霊樹ではない！」

不審に思っている間に人族の男性が叫び、代表団の人たちの背後に黒服の男性たちがたくさん現れて、襲い掛かってきた。

代表団の人たちは悲鳴を上げて逃げまどう。

「精霊樹を守って！」

リリレイナ様はしりもちをついて動けなくなっていたけれど、そう叫んでいた。

グレン様は魔術を使って、リリレイナ様に向かおうとしている黒服の男性を跳ね返していた。

「精霊樹とチェルシー様には触れさせせぬ！」

わたしのそばでは、猫姿のエレが精霊姿に変わり、杭の内側に入ろうとしてくる男性たちに雷を放っていた。

わたしも何かしなきゃ！

そう思って、大きなハエトリグサの種を取り出して、地面に投げた。

大きなハエトリグサはすぐに育ち、五枚の葉がわたしを守るように杭の内側に陣取った。

護衛の騎士やグレン様、エレが戦うことで黒服の男性たちはどんどん倒されていく。

ミカさんはリリレイナ様を守るように、近づいてくる黒服の男性たちを蹴散らしていた。

あと少し……！

そう思ったところで、頭上に黒い影がよぎった。

「キュイイイイイイイイイ！」

見上げると黒い影……大きな青い鳥がすごい勢いでわたしに向かってきていた。

そして声を出す間もなく、体を足で掴（つか）まれて、あっという間に空高く飛ぶ。

「チェルシー!!」

グレン様の叫び声が聞こえる。

「グレン様……!」

なんとか声を出して名前を呼び、手を伸ばしたけれど、グレン様は空を見上げるだけで、私の姿が見えていないようだった。

みるみる小さくなっていくグレン様の姿に、わたしの頭は真っ白になった。

幕間2. グレン

Interlude

「この国を豊かにするのは代行者様であって、精霊樹ではない！」

チェルシーが挿し木をした直後、黒服の男たちが現れ、俺たちに襲い掛かってきた。

「精霊樹を守って！」

しりもちをついたマーテック共和国の代表リリレイナが叫ぶ。

すると、叫び声でリリレイナの存在に気づいた黒服の男が刃を向けた。

「……《氷槍（アイシクルランス）》」

魔術を使って、黒服の男に氷の槍（やり）をぶつけて昏倒（こんとう）させる。

それからすぐに、倒れた黒服の男に【鑑定】スキルを使った。

黒服の男の職業は『代行者の信者』で、『原初の精霊樹の灰』という転移と転送が可能になる祝福を受けている。

ひとまず、祝福を受けている者がいるので、俺の見える範囲内から転移や転送ができないように魔術を掛けておく。

「……《閉鎖（シャットダウン）》」

これで敵を逃すことはなくなった。

懸念事項をひとつ減らしたあと、こちらに向かってくる別の黒服の男に魔術を放つ。

「……《突風（ガストオブウインド）》」

黒服の男が遠くへ吹き飛んだ。

クロノワイズ王国の王都でチェルシーと精霊樹を襲った黒服の男たちの職業は『嫉妬に駆られた代行者の崇拝者』というものだった。

『代行者の信者』にも『嫉妬に駆られた代行者の崇拝者』にも『代行者』という文字が入っているため、代行者の関係者なのは間違いないだろう。

代行者の関係者であれば、チェルシーを狙う可能性がある。

チェルシーには、装着者の身に危険が及ぶと自動で防御の魔術が発動する指輪型の魔道具を渡してある。

万が一、黒服の男がチェルシーに襲い掛かったとしても、あっさり跳ね返すだろう。

だから、危害を加えられることはない。

そう理解していても、やはり婚約者の動向は気になるもので、自然とチェルシーに視線が向いた。

チェルシーは自ら生み出した大きなハエトリグサの種を蒔（ま）き、自衛に徹していた。

できることを考え、行動に移す。

長年、魔物と戦い続けているサージェント辺境伯家の血が流れているからか、言われずともどう動くべきかわかるのかもしれない。

これもチェルシーが成長した証拠だろうね。

そう考えたら、笑みが漏れた。

「精霊樹とチェルシー様には触れさせぬ！」

チェルシーのすぐそばでは、精霊姿に戻ったエレが雷を放っていた。

大きなハエトリグサと精霊姿のエレがいれば、チェルシーに害は及ばないだろう。

早く男たちを倒して安心させよう。

俺はそう決意すると、杭の外側へ視線を戻し、黒服の男たちに魔術を放った。


ミカと護衛の騎士たちの働きもあって、あと少しで男たちを倒し終わる。

終わり際ほど気を引き締めないとね。

そう思った直後、頭上から鳥の鳴き声が聞こえてきた。

『キュイイイイイイイイイ！　（子どもが危ない！）』

【転生者】スキルを持っているため、俺には魔物や動物の言葉が理解できる。

鳥の言う子ども……すなわち成人前の者は、この場にチェルシーしかいない。

俺はすぐにチェルシーのもとへ駆け寄ろうとしたが、黒服の男が阻んでくる。

魔術を使って黒服の男を転倒させ、視線を戻したのだが、そのときにはチェルシーは先ほど頭上で声を発していた大きな青い鳥に足で体を摑まれ飛び立つところだった。

「チェルシー!!」

「グレン様……!」

空を見上げるとチェルシーと大きな青い鳥はにじむように消えていく。

鑑定や追跡から逃れるために、あの鳥は姿を消したのだろう。

姿が見えなければ、結界で閉じ込めることも追いかけることもできない。

ついでに言えば、転送や転移を防ぐ魔術を掛けてあるため、鳥は自力で飛んで逃げたのだということもわかる。

だが……。

「……そもそも、どうやって防御の魔術をすり抜けたんだ……」

想定外の出来事が起きたことで、俺の中の理性がプツンと切れた。

「……《束縛》」

見渡せる範囲内にいる黒服の男たちと代表団の者、それから総代表であるリリレイナに拘束の魔術を放つ。

魔術の掛かった者たちは身動きができなくなった。

「な、なぜ、我々まで!?」

代表団の一人であるエルフ族の男が叫んだ。

「……タイミングよく黒服の男たちが現れた。裏切り者が交ざっていると考えるべきだろう？」

そう答えるとエルフ族の男は視線をそらせた。

普段の俺だったら、たとえ裏切り者が交ざっているとわかっていても、外交問題になりかねないので、代表団の者たちに拘束の魔術を放ったりしないだろう。

だが今の俺には、余裕がない。

「チェルシーを連れ去ったのは誰だ？　あの大きな青い鳥を操っている者は誰だ？」

拘束の魔術が掛かっている者たちに向けて、そう問うと全員が全員首を横に振った。

全員に向けて【鑑定】スキルを使ったが、誰一人として動揺もしていなければ焦ってもいない。

嘘（うそ）をついているように感じられない……。

つまり、この中にはチェルシーをさらった者の関係者はいないということだ。

どういうことだ？

眉をひそめると、リリレイナがつぶやいた。

「……あれは子どもを守る霊鳥様です。誰かが操ることなんてできません」

そういえば、あの鳥は『子どもが危ない！』と鳴いていた。

つまり、あの大きな青い鳥……霊鳥は、黒服の男たちとはまったくの無関係で、チェルシーが危険にさらされていたから、助けるつもりでさらっていったということか……。

さらに言えば、霊鳥はチェルシーを守ろうとしていただけだから、防御の魔術が発動しなかったわけだ。

となると……。

「チェルシーはどこへ運ばれたんだ……」

俺のつぶやきに、そばにいた精霊姿のエレが告げた。

「チェルシー様の居場所は契約精霊である我がいればわかるゆえ、ひとまずこの場をなんとかするがいい」

俺はエレの言葉に頷く(うなず)と、ミカに【尋問】スキルを使うよう頼んだ。

そして、精霊樹に対して敵意のある者とない者を分け、敵意のない者の魔術を解除した。

結果として、代表団の一人で、先ほど《束縛(バインド)》の魔術を掛けたときに文句を言っていたエルフ族の男が、この場に黒服の男たちを手引きしたことが判明した。

詳しく話を聞いたところ、エルフ族の男はラデュエル帝国へ行ったことのある男から、精霊樹は挿し木すると今よりも土地が荒れるという話を聞かされたらしい。

その話を信じたエルフ族の男は、他の代表団の者たちに伝えたのだが、理解してもらえなかった。

それどころか、精霊樹を挿し木することが確定してしまい、どうにかして阻止しなくてはならないと思ったそうだ。

「悩んでたところに、黒服の男に出会った。そいつも精霊樹を挿し木することに反対してる男だったから、意気投合して……。気づけば、この場に手引きすることになってたんだ」

ミカの【尋問】スキルにより、すべてを語らされるとエルフ族の男は、肩を落とした。

そこまで話を聞いたところで、精霊姿のエレがつぶやいた。

「そもそもの話だが、精霊樹は挿し木したところで土地が豊かになるわけでも荒れるわけでもないぞ。瘴気を祓うことができる精霊が現れるだけだぞ」

「「「え!?」」」

リリレイナと代表団の者たちが同時に驚く。

他にも葉は魔力回復薬の材料になるとか、幹には瘴気を寄せ付けない効果があるとか、あとは精霊界へ行けたりするとかあるのだが、広めるべき話ではないので、何も言わない。

「そんな……それでは我が国は滅んでしまう……」

リリレイナが深刻な表情でそうつぶやいた。

「チェルシー様であれば、土地を豊かにできるのだがな……」

精霊姿のエレがぽつりとつぶやくと、リリレイナと代表団の者たちが目を見開いた。

「それは本当ですか!?」

飛び掛からん勢いで聞いてくるので、つい頷いてしまった。

「ならば、なおさらすぐにでもチェルシー様を救い出さねばなりません！」

チェルシー救出に意欲的になった代表団の者たちは、「後処理はお任せください！」と言い、黒服の男たちと手引きしたエルフ族に魔力封じの腕輪をつけ、首都へと移動していった。

残ったメンバーでチェルシーを救出する方法について話し合うことになった。

「それで、チェルシー様はどこに運ばれていったのよ～？」

【尋問】スキルの使いすぎで、魔力が尽きかけているミカが心配そうにつぶやく。

「チェルシー様がいるのはあの山脈の方角だ」

契約精霊であるため居場所がわかるエレが遠くに見える山脈に視線を向ける。

「以前、救出された子どもの話では、霊鳥様は山の中腹にある洞窟に巣というか寝床を作っていて、安全が確保されるまで、姿を隠す術を掛けて守ってくれるそうです」

リリレイナが拳を握りしめて力説する。

「そこまでどれくらいかかるんだ？」

「山の麓にある町まで馬で丸一日、そこから中腹まで徒歩で休みなしで一日といったところです」

二日もかかるのか……。

チェルシーの安否を気にしていると、ミカがぽつりとつぶやいた。

「二日間あったら、ミカなら一人で下山しようとするのよ～。チェルシーちゃんだったら、どうするのよ～？」

「霊鳥の巣で待っているように伝えればいいんじゃないかな？」

「どうやって伝えるのよ～？」

俺の言葉にミカが首を傾げる。

「エレだったら、この精霊樹の幼木からチェルシーが持つ精霊樹でできたブレスレットまで移動できるだろう？」

チェルシーがサージェント辺境伯家で療養していた半年間、エレは手紙を届けるために、ブレスレットと精霊樹の間を行き来していた。

それを思い出して伝えると、精霊姿のエレは首を横に振る。

「精霊樹の幼木は、挿し木用の枝と同様に乾燥や傷みから保護する術を掛け続けなければならぬ。ゆえに我はここから離れることはできぬ」

それだとチェルシーに待っているように伝えられないじゃないか……。

ショックを受けていると、エレが小さくため息をついた。

「チェルシー様に懐いている伝達の精霊に頼めばよかろう」

エレがそう言った途端、どこからか声が聞こえてきた。

『王さま、よんだ？』

噂をすれば、伝達の精霊がやってきたらしい。

と言っても、俺には声は聞こえても姿は見えない。

「うむ。ちょうどよいところに来たな、伝達の精霊。チェルシーに伝言を頼みたい」

伝達の精霊はどうやらエレの右の手のひらに乗っているらしい。

エレが左手の人差し指で、右手のひらの上をつんつんつついている。

『王さまのおねがい？　いいよ』

「チェルシー様に迎えに行くので待っていてほしいと伝えてくれ」

『わかった。行ってくる』

声の聞こえないミカとリリレイナに状況を説明している間に、伝達の精霊はチェルシーのもとへ行き、すぐに帰ってきたらしい。

『もどってきたよ。チェルシーさまがまってるねって言ってたよ』

チェルシーからの返答があったということは、無事だと言う証拠で……。

安堵のため息が出た。

「チェルシーが無事なのもわかったことだし、さっそく迎えに行きたいんだけど、エレはここから離れられないんだっけ？」

俺の問いに、精霊姿のエレが頷いた。

「それじゃどうやってチェルシーちゃんを捜せばいいのよ～？」

ミカが眉をひそめてそう言うと、エレが小さくため息をついた。

「今回は特例として、グレンに『精霊の導き』の祝福を与える」

「『精霊の導き』？」

聞いたことのない言葉に首を捻ると、エレが精霊姿から猫姿へと変化した。

『これ以上は他の者には聞かせられぬゆえ、この姿になって話をする』

猫姿のエレの声は、精霊と契約している者か【転生者】スキル持ちでないかぎり、猫の鳴き声にしか聞こえない。

「え、猫ちゃん？」

姿を変えたエレを見て、リリレイナが驚いた表情を浮かべる。

ミカは察したようで、リリレイナを少し離れた場所へ移動させ、エレが精霊だという話を伝えているようだ。

『精霊の導きの祝福を得ると、精霊樹の位置を把握できるようになり、地面に植わっている大木の精霊樹を通ることができる』

【転生者】スキル持ちであっても通ることのできなかった精霊樹を通れるようになるのか……！

驚きで目を見開いていると、エレは話を続けた。

『精霊樹の位置とは、地面に植わっているものだけではない。加工されたものも含まれる。ゆえにチェルシー様が持っているブレスレットの位置もわかるというわけだ』

「なるほど……」

俺が納得すると猫姿のエレがふわりと浮かんだ。

そして前足を俺の額に押し当ててくる。

何か温かいものが流れてくるような感覚を経たあと、エレは俺の額から前足を離した。

『これでチェルシー様の位置がわかるであろう』

意識を集中させると、南の山脈に温かな光を感じた。

これでチェルシーを迎えに行ける！

準備を整えるとミカと護衛の騎士たちを連れて、南の山脈へ向かうことになった。

5. と霊鳥シームルグの巣

I'll Never Go Back to Bygone Days!

気づけば大きな青い鳥に体を掴まれて、大空を飛んでいた。

駕籠に乗ってロイズ様が運んでくれたときとは違い、今は体を足で掴まれているだけ……。

落ちるのではないかという不安から、体が勝手にガタガタと震える。

怖い……！

ぎゅっと目を瞑って、下を見ないようにじっと耐えた。

どれくらい経ったかわからないけれど、気づけば鳥の巣らしき洞窟の入り口に下ろされていた。

やっと解放された……！

そう思ってへたり込んでいると、大きな青い鳥がじっとわたしを見つめたあと、くちばしをすり寄せてきた。

指輪型の魔道具に組み込まれている防御の魔術が発動しないので、この大きな青い鳥はわたしに危害を加えるつもりがないのだとわかる。

一瞬食べられるのかと思ってドキドキしたけど、そうではなくてよかった……。

ホッとしたところで、左手首につけている精霊樹でできたブレスレットから小さな光が飛び出してきた。

『チェルシーさま、だいじょうぶ？』

「大丈夫ではないかな……」

地面にへたり込んだまま苦笑いを浮かべると、伝達の精霊がわたしの周りを心配そうにくるくると飛んだ。

それを大きな青い鳥が目で追いかけている。

伝達の精霊はこの世界に現れることができる精霊の中では、一番階級が低く力が不足しているため、わたしと精霊たちにしか姿が見えない。

それなのにこの大きな青い鳥には見えているということは、精霊に近い生き物なのかもしれない。

『あ、そうだ……チェルシーさまに王さまから伝言があるんだよ！』

首を傾げると伝達の精霊は伝言を教えてくれた。

『えっとね……むかえに行くのでまっていてほしい……だって』

迎えに来てくれるんだ！

それがわかって気が抜けた。

「待ってるね、って伝えてもらえるかな？」

そう言うと伝達の精霊はピカピカと点滅したあと、精霊樹でできたブレスレットに吸い込まれるように消えた。

しばらくすると伝達の精霊が戻ってきた。

『チェルシーさまがぶじだってよろこんでたよ』

わたしと伝達の精霊が会話しているのが気になっていたようで、ついに大きな鳥は「キュルキュル？」と鳴いた。

『ぼくはでんたつのせいれいだよ。まだ名前はないよ。きみは？』

「キュルキュルキュル」

『シームルグっていうんだって』

大きな青い鳥……シームルグがうんうんと頷く。

どうやら伝達の精霊がシームルグの言葉をわたしに伝えてくれると理解したようで、そこからシームルグは長々と鳴き続けた。

伝達の精霊はくるくる飛び回ると、困ったような声を上げる。

『チェルシーさまが……えーっと……だいじな子で、国をすくうんだって』

大事な子？　国を救う？

『きいたことのないことばはうまく伝えられないの。ごめんなさい』

伝達の精霊からしょんぼりした声が聞こえてきた。

シームルグが慌てたように翼を使って、伝達の精霊を慰めている。

その姿がおかしくて、くすっと笑みがこぼれた。

日が落ちてあたりが暗くなってくると、シームルグはわたしの背中をくちばしで押して、洞窟の中へ入るよう勧めた。

洞窟の中にはヒカリゴケが生えているらしく、思っていたより明るい。

衝撃を与えると光るコケなので、わたしの足跡が光っている。

伝達の精霊が光っているのもあって、わたしは転ぶことなく、洞窟の最奥へと着いた。

洞窟の最奥には、シームルグのお腹(なか)のあたりにあるやわらかな青い羽根でできたベッドのようなものがあった。

シームルグは、その羽根のベッドを翼で指すと、立ったり座ったりを繰り返した。

「ここに座ってほしいの?」

そうつぶやくと、うんうんと頷く。

素直に羽根のベッドに座ると、シームルグはホッとした様子で洞窟から出て行った。

「迎えが来るまでここで待つことにしたんだし、このあとどうするか考えないと……」

ぽつりとつぶやくと、伝達の精霊が応援するようにピカピカと光った。

サージェント辺境伯家で、令嬢らしくなるための教育は受けたけれど、鳥にさらわれたときの対処法は教わっていない。

そもそも、普通は鳥にさらわれることなんてないよね……。

そう思いながら、すべきことを考える。

こういうときは、男爵家で暮らしていたころのことが役に立ちそう。

今にも崩れそうな離れの小屋には、粗末なベッドと薄い毛布しかなかった。

それに比べたら、この青い羽根のベッドは柔らかいし温かいし、きっとぐっすり眠れる。

だから、眠る場所は大丈夫。

次に必要なのは、食べ物と水。

食べ物は数日食べなくても生きていけるけど、水は飲まないとあっという間に具合が悪くなって倒れてしまう。

あのときは本当につらかった……だから、まずは水！

飲むだけなら果実水の入った種でもいいけど、顔を洗ったりもしたいから……。

そこで以前、遠征に向かう騎士たちのために考えた『水の種』の存在を思い出した。

それは植えると花から涙のようにコップ一杯分の水がこぼれるというもの。

コップも用意しないと……。コップだったら、『カトラリーの種』を応用すればいい。

『カトラリーの種』は、植えるとフォークとナイフとスプーンが実るコインの形をした種。

「食器の形をした実ができる種を生み出します――【種子生成】」

ぽんっという軽い音がして、わたしの手のひらにコインの形をした種が現れた。

表面にはお皿とボウルとコップの絵が描かれている。

ついでにカトラリーの種も生み出す。

こちらの表面にはフォークとナイフとスプーンの絵が描かれている。

立ち上がって羽根のベッドから離れた場所に種を植えた。

するとあっという間に育って、食器やカトラリーの形をした実が生(な)った。

実を取るとさらさらと茎や葉が枯れて肥料になっていく。

さて、食器とカトラリーを手に入れたけど、置く場所がない……。

ひとまず、羽根のベッドの上に置いて、もうひとつ種を生み出すことにした。

「椅子とテーブルの形をした実ができる種を生み出します――【種子生成】」

またしてもぽんっという軽い音がして、わたしの手のひらにコインの形をした種が現れる。

もちろん種の表面には椅子とテーブルの絵が描かれている。

ワクワクした気持ちになって、その種も羽根のベッドから離れた場所に植える。

実るものが椅子とテーブルだったからか、その種はわたしの背よりも大きく育った。

少し大変だったけど、椅子とテーブルの実を取り、羽根のベッドの近くに置く。

かなり頑丈なようで座っても壊れる気配はない。

テーブルの上に食器とカトラリーを置き、次に水の種を生み出した。

「水の種を生み出します――【種子生成】」

この種はテーブルの近くに植えよう。

すぐに芽が出て茎が伸び、花が咲いた。

花を傾けるとちょろちょろと水がこぼれる。

そこにボウルを差し出すと、半分くらいになったところで、花が枯れた。

試しに少し飲んでみたところ、冷たくておいしかった。

あとで使うことも考えて、水の種はたくさん生み出しておいて、ブレスレットを通じて保管庫に預けた。

「次は食べ物かな……」

そうつぶやくと、伝達の精霊が弱々しく光った。

『チェルシーさま、ぼくそろそろもどらなきゃ』

申し訳なさそうな感じで伝達の精霊がつぶやく。

伝達の精霊は低位の精霊なので、長時間こちらの世界にはいられない。

「もうそんな時間なんだ……またね」

手を振ると伝達の精霊はブレスレットに吸い込まれるようにして消えた。

伝達の精霊がいなくなると洞窟の中は、ヒカリゴケの光だけになるので薄暗くなる。

光る芝を植えることも考えたけど、芝の生長は早いのでヒカリゴケが枯れてしまうかもしれない。

それなら、ランプみたいな花を咲かせる種を生み出そう。

「わたしの声で光ったり消えたりするランプみたいな花の種を生み出します――【種子生成】」

ぽんっという音とともに手のひらにクルミのような形の種が現れた。

わたしはそれを一度テーブルの上に置き、カップを手に取る。

そのカップの中に、椅子とテーブルの実を取ったあとにできた肥料をたっぷり入れる。

最後に肥料の入ったカップにランプみたいな花が咲く種を植えれば……。

カップが土台となり、持ち運びできるランプの花の出来上がり。

テーブルに飾れば、伝達の精霊がいなくても洞窟の中が明るくなった。

サージェント辺境伯家の屋敷には、お花の形をしたランプが飾ってある。

それを想像して種を生み出したので、形もそっくりなものになった。

洞窟の中だけど、明るくなったからか少しほっとした。

伝達の精霊がいなくなって、寂しかったのかもしれない。

早く戻ってくるといいな……。

そんなことを考えていたら、お腹が鳴った。

「今度こそ、食べ物を出さなきゃ……」

ここには誰もいないのだから、ロイズ様からいただいた獣族しか読めない書物に載っていた植物を生み出してみてもいいかもしれない。

「早く育つアケビの種を生み出します――【種子生成】」

生み出した黒い小さな種を洞窟の隅に植えると壁をつたってアケビが実った。

手のひら大の紫色の実を取ると、パカッと割れて、内側に種の入った白い塊が見えた。

初めて見るものだったので、少しドキドキしながらスプーンですくって食べる。

少しねっとりとしていて、味はさっぱりした甘味を感じる。

甘すぎないのでたくさん食べられそう。

そうしてお腹いっぱいになるまでアケビを食べた。


しばらくすると、洞窟の入り口からぼたっという音がした。

振り返ると、戻ってきたシームルグがくちばしで咥(くわ)えていた物を落としていた。

「おかえりなさい」

そう言うと、シームルグはハッとした表情になり、翼を使って洞窟の中を指した。

たぶん、先ほどまでなかったランプやテーブルの出どころを聞いているんじゃないかな？

「わたしがスキルで生み出したんだよ」

正確には実ったものだけれど、そのあたりは省略した。

シームルグは理解できないようで、しきりに首を傾げていた。

しばらくするとシームルグは考えるのをやめたようで、洞窟の入り口で落とした物を持って、わたしのそばまでやってきた。

それはわたしの拳くらいの大きさの赤い実がたくさんついた枝で、何やら甘い香りがする。

シームルグは足とくちばしを使って、その枝から赤い実をひとつ取っては口に運んでいる。

いくつか食べたあと、わたしに赤い実を渡してくる。

「ありがとう……？」

食べても大丈夫だと示したあとに、渡してきたので、食べなさい……ということかな？

でも、わたしはアケビを食べたからお腹いっぱいなんだよね……。

食べないの？　とでも言いたげな感じでシームルグが首を傾げる。

わたしは壁際に実っているアケビを取って、シームルグに差し出した。

「これを食べたからお腹いっぱいなの。こっちの赤い実はあとで食べるね」

そう伝えると、シームルグは何度も瞬きを繰り返したあと、差し出したアケビを皮ごと食べた。

調理法によっては皮も食べられると書物に書いてあったので、問題ないはず。

じっとシームルグを観察してみたけれど、具合が悪くなったりはしていないようだった。

むしろなんだかとても嬉しそうに見える。

「キュルウウウ？　キュルル？」

もしかして、もっと食べたいのかな？

「たくさん実ってるから、好きなだけ食べていいよ」

そう伝えると、シームルグは赤い実のついた枝を置いて、壁際のアケビの前に立った。

パクパクとついばんでいく姿は、なんだか幸せそう。

その日の夜、シームルグのやわらかな青い羽根でできたベッドの中で、わたしは寝付けずに何度も寝返りをうっていた。

グレン様なら必ず迎えに来てくれる。

そう信じているけれど、やっぱり不安にはなる。

こういう不安な夜は、グレン様からいただいたラベンダーのポプリをそばに置いて眠るのに限る。

精霊界の保管庫に預けてあったラベンダーのポプリを返してもらい、香りをかぐ。

甘さの中に爽やかさを感じる香りをかいで……不安は薄まったけれど、とても寂しくなった。

シームルグは近くにいるけれど、言葉が通ないので、寂しさはまぎれない。

せめて、伝達の精霊がいてくれたら……。

そう思っても、こちらの世界にいられる時間が短いのだからしかたない。

そこでふと、ラデュエル帝国の帝都で買い物をしているときのリーンの言葉を思い出した。

『精霊は大切な人に名前をつけてもらうと階級がぐぐっと上がるのですわ。こちらの世界にいられる時間が延びるし、できることも増えますの。精霊にとっていいことづくしですわ』

そうだ……伝達の精霊に名前をつけて、こちらにいられる時間を延ばしてもらえばいいんだ。

そのためには、伝達の精霊にお願いごとをしなくてはならない。

今のわたしなら、お願いしたいことがある。

次に伝達の精霊が現れたら、お願いごとをして、名前をつけよう。

そう心に決めて眠った。

＋＋＋

翌朝、伝達の精霊の声で目が覚めた。

『チェルシーさま、おはよう！』

「おはよう、伝達の精霊さん」

挨拶を交わしたあと、生み出しておいた水の種を返してもらって、地面に植える。

花からこぼれる水で顔を洗い、着ている服を軽く叩いて汚れを払った。

朝ごはんは、昨日、シームルグが持ってきてくれた甘い香りのする赤い実を食べたのだけれど、とても酸っぱかった。

香りはとてもいいのに……！

シームルグは朝からどこかへ行ったようで、洞窟にはいない。

伝達の精霊は昨日まではなかったランプやアケビの周りを楽しそうに飛び回っている。

さて、伝達の精霊がいるのだから、眠る前に考えたことを伝えよう。

「伝達の精霊さんにお願いがあるんだけど……」

少しだけ緊張しつつそうつぶやくと、伝達の精霊がピカピカと眩く光った。

『それって、お名前をつけてくれるってこと!?』

コクリと頷けば、伝達の精霊は大喜びでわたしの周りをくるくる回る。

『あ！　でも、ぼくがかなえられるものだけだから……まずはおねがいごとをおしえてほしいよ！』

伝達の精霊はそう言うと、わたしの手の甲に止まった。

深呼吸をしてから、告げる。

「わたしのお願いは、この洞窟にいる間、話し相手になってください……！」

『お、おねがいって、それだけ？』

力強く頷くと、伝達の精霊は弱々しく光り、悩み出した。

『そのおねがいはぼくでもかなえられるけど……、チェルシーさまのおはなしあいてなら、おねがいしなくてもできるよ？』

「でも、わたしのワガママで話し相手になってほしいって思っているのだから、きちんとお願いごととして頼んだほうがいいと思って……」

シームルグの洞窟に来てから、まともに会話ができていなくて、寂しいから話し相手になってほしい。

これはわたしのワガママでしかないはず。

それを伝えると、伝達の精霊は弱々しく光り、悩み始めた。

『名前つけてもらえるのはうれしいけど、おはなしあいてになるだけじゃ……。うーんうーん』

伝達の精霊はひとしきり悩んだあと、ゆっくりとピカピカ光った。

『あのね、チェルシーさま。名前をつけたあと、ぼくとけいやくしてくれる？』

「名前をつけることと契約は別物なの？」

疑問を口にすると、伝達の精霊は簡単に教えてくれた。

『名前をつけてもらうと、せいれいはつよくなるの。せいれいにとっておとく。けいやくするとチェルシーさまがぼくの力がつかえるようになるの。チェルシーさまがおとく』

名前をつけると精霊が得する。契約するとわたしが得する。

それなら、名前をつけるだけでいいのでは？

そう思って尋ねると、伝達の精霊はぷんぷんと怒り出した。

『それじゃとうかこうかんにならないよ。みにあまるおとくはみをほろぼす……』

「そ、そっか……？」

伝達の精霊が言っていることの半分もわからなかったけれど……。

「とりあえず、話し相手になってくれるなら、契約してもいいよ」

そう言うと、伝達の精霊はピカピカと眩(まぶ)しいくらいに光り出した。

『やったー！　それじゃあ、あらためて。チェルシーさまのおはなしあいてになるよ。だから、名前をつけて』

わたしは考えていた伝達の精霊の名前を告げる。

「あなたの名前は『ルート』」

『ぼくの名前はルート……ルート！』

ルートと名づけた伝達の精霊は、そう叫ぶと目が開けられないくらいに眩しく光った。

ぎゅっと目を閉じて、光が収まってからゆっくり開けるとただの小さな光だったルートは、わたしの親指くらいの大きさだけれど、人族の十歳くらいの男の子みたいな姿へ変わっていた。

くりっとした大きな瞳は黒で、顎下あたりで切りそろえられたふわふわの髪は薄紫色。

服装はだぼっとしたフードつきのシャツと膝が隠れるくらいのズボンをはいている。

さらに背中から、蝶々(ちょうちょう)のような形の紫色の羽が生えていた。

『やったー！　この姿なら長時間いられるよー！』

言葉も以前よりも聞き取りやすくなっている。

ルートはそう言うとふわりと浮かび上がって、わたしの鼻にちゅっとキスをした。

『このまま、契約もするね！　ぼくは伝達の精霊ルート。チェルシー様と契約を交わすよ！』

ルートの声とともに、わたしの右手の人差し指が輝く。

たしか、エレと契約を交わしたときは親指が光っていたような……。

「わたし、ルートと契約したの？」

『うん！　ぼくと契約したから、チェルシー様は念話が使えるようになるよ！』

「念話？」

聞いたことのない言葉だったので、首を傾げるとルートは羽をひらひらさせた。

『念話っていうのは、頭の中で考えてることを相手に伝えるものだよ。今のチェルシー様なら、触れながら念話を使えば、相手とお話できるし、考えていることもわかるよ』

それってとてもすごいことなんじゃ……!?

驚いているとルートはにっこり微笑んだ。

『名前をもらったけど、ぼくはまだ低位の精霊だから、一日中ずっとはこちらの世界にいられなくて……。だから、ぼくがいない間にシームルグとお話できるようになればいいなと思って契約もしてもらったんだ！』

ルートはわたしの寂しいという気持ちを理解してくれた上で、契約精霊になってくれたらしい。

それがあまりにも嬉しくて、なんだか泣きそうになった。

「ありがとう、ルート」

『こちらこそ、名前をつけてくれてありがとう！』

ルートから念話の仕方について学んでいると、シームルグが洞窟に戻ってきた。

今回は黄色くてブドウのような形をした実を咥えている。

「おかえりなさい」

そう告げると、シームルグは嬉しそうにこちらへやってきた。

わたしはシームルグの首元に触れながら、念話を試みる。

(聞こえますか？)

(なんだい、どこから聞こえるんだい⁉)

口調はおばあさんのようだけれど、とてもかわいらしい声が返ってきた。

(触れた相手と念話ができるようになったんです)

そう告げると、シームルグは咥えていた実をぼたっと地面に落とし、くちばしをパクパクさせた。

驚いているシームルグに向かって、ルートがふふんと胸を反らせた。

『名前をつけてもらったから、お礼に契約精霊になって、念話を使えるようにしてあげたんだよ！』

ルートの様子から、どうやらわたしとシームルグの念話が聞こえるらしい。

(精霊がそばにいるだけでもおかしな子どもだと思っていたけど、これはさすがにたまげたよ)

シームルグは疲れたような口調でそう言うと軽く左右に頭を振った。

(念話ができるんなら、いろいろ聞きたいことがあるんだよ)

(わたしも聞きたいことがあります)

そこからシームルグとわたしは、疑問に思っていたことをお互いに尋ね始めた。

シームルグが聞きたかったのは、洞窟に突然現れたテーブルや椅子、ランプのことだった。

（スキルで生み出したとは言っていたけど、さっぱり理解できなくてねえ）

実際にコインの形をした種を生み出して植え、コップやお皿が実る姿を見せると、シームルグはくちばしを開けたまま長いこと驚いていた。

（おまえさんのスキルがすごいってことはよ～っくわかったよ。今度は私が答える番だねえ）

ため息まじりにシームルグはそうつぶやいた。

（どうしてわたしをここへ連れてきたんですか？）

（おまえさん、私が何者かも知らなかったのかい。それは悪いことをしたねえ）

シームルグはそう言うと、申し訳なさそうに教えてくれた。

どうやら、シームルグは、マーテック共和国の代表であるリリレイナ様が言っていた『霊鳥』らしい。

善良な子どもが魔物に襲われていると助けてくれるという話を思い出した。

それを伝えるとシームルグは首を横に振る。

（私には先読みの力があってね、この国に幸いをもたらす子どもが、魔物かなんかに襲われると見えるんだよ。そのときは全力で助けるって遠い昔にキュート族の子どもと約束しちまってねえ……）

シームルグは昔を懐かしむようにそうつぶやいた。

（つまり、おまえさんはこの国に幸いをもたらす存在なんだよ）

わたしにできるのは【種子生成】スキルを使って、願ったとおりの種子を生み出せることだけ。

幸いというものがどういうものかわからないけど、わたしに何ができるんだろう？

首を傾げると、シームルグはつぶやいた。

（ここ数年、大地の魔力が減っていってるだろう？）

ラデュエル帝国からマーテック共和国の首都へ向かうまでの間に、緑がどんどん減っていたこと、魔力枯渇になっていたことを思い出し頷く。

（私の先読みの力だと、それをおまえさんが解決するみたいだから、なんとしてでも助けなきゃと思ってねえ）

わたしが解決できるかはわからないけれど、そういう理由であの場から助けられて、ここに連れてこられたというのは理解できた。

（そういえばここに迎えが来るんだったかねえ？）

（はい、そうみたいです）

コクリと頷くと、シームルグが首を傾げた。

（場所がわかるのかねえ？）

エレならば契約を交わしているのでお互いの場所がわかるのだけれど、精霊樹の幼木を放置したまま、わたしのところへ来るとは思えない。

答えに困っていると、シームルグがまたもため息をついた。

（見つけられるかはわからないけど、捜してくるかね。どんな外見なのか教えておくれ）

グレン様は人族で、濃紺色の髪に水色の瞳で、旅装なので目だった格好ではない。

ミカさんは獣族の狐人で、橙に近い黄色の髪に大きな狐耳とふさふさの尻尾をしている。

あとは護衛の騎士たちの騎士服について伝えた。

（それじゃいってくるよ。大人しく留守番しておくれ）

シームルグはわたしにそう告げると洞窟から出ていった。

6. 再会

I'll Never Go Back to Bygone Days!

シームルグが洞窟を出てからしばらく経ってからのこと……。

ロイズ様からいただいた獣族だけが読める植物に関する書物を読み返していたのだけれど、さすがにそろそろ飽きてきた……。

別のことをしたいと思って、ルートに話しかける。

「新しい種を考えてみようと思うんだけど、何がいいかな？」

わたしにできることと言えば、スキル【種子生成】を使って、種を生み出すことだけ。

なので、新しい種を考えてみることにした。

わたしの問いかけに、ルートは顎に手を当てて、悩んでいる。

親指ほどの小さな体で悩んでいるのは見ていて微笑ましい。

しばらく悩んだあと、壁際に植えてあるアケビを指差した。

『アケビの実の中にクッキーが入ってたら、嬉しいな！』

「それ、面白そう！」

『マドレーヌでもビスコッティでもパウンドケーキでもいいよ！』

そんな話をしていたら、食べたくなってきた。

昨日生み出した木製のナイフを使って、地面に絵を描く。

「クッキーが入っているのだから、もう少し大きな実が生(な)ることにしようかな。もし失敗したら処理に困るから、実はひとつだけにしよう。あとはいつものように実を取ったら枯れて肥料になる。植えても種は残らない」

下手な絵だけれど、設計図を描いていく。

グレン様やエレがいつも言うように、失敗したときのことや種が増えないようにすることもきちんと書き込む。

完成した設計図を見て、頷(うなず)くとルートが楽しそうに言った。

『すごく楽しみ！』

「よし、やってみよう！　クッキーの入った実ができる種を生み出します――【種子生成】」

ぽんっと軽い音がして、薄焼きクッキーみたいな形と色をした種が手のひらに現れた。

それを洞窟の隅に植える。

想像どおりすぐに芽が育つ。でも、本物のアケビよりも背丈がとても低く、わたしの背くらいしかない。そして、取りやすい位置に大きな実がついた。

実の色はやはりクッキーみたいに薄い茶色をしている。

ドキドキしながら実を取ると、枝や葉がさらさらと肥料に変わった。

「開けるよ？」

両手では収まらないくらいの大きくて瓜(うり)のような形をした実をルートに見せながら、アケビと同じようにパカッと割ると、なんと焼き立てのクッキーが十枚も入っていた。

「できちゃった……」

『わー！　すごーい！』

ルートは嬉しそうに飛び回ると、自分より大きなクッキーを一枚取り出して、かじりついた。

『おいしいー！』

わたしもひとつ食べてみたけれど、ミカさんがよく焼いてくれるクッキーと同じ味がする。

ミカさんが作ったものは、料理でもお菓子でもおいしいから、自然と味が再現されたのだろう。

これを応用すれば、どんな食べ物でも生み出せるんじゃない!?

それからわたしは、マドレーヌとビスコッティとパウンドケーキの入った実ができる種を生み出し、ルートと一緒に食べた。

どれもおいしかったけれど、すべては食べきれなかったので、左手首につけている精霊樹でできたブレスレットを通じて、保管庫の精霊たちにおすそ分けした。

ルートにみんなに分けてあげてと頼んだら、ブレスレットに吸い込まれるようにして、一緒に消えた。

お腹が満たされたところで、シームルグが帰ってきたのだけれど、何やら様子がおかしい。

しきりに首を傾げながら近づいてくると、わたしの頭の上にくちばしを置いた。

たぶん、会話がしたいのだろうと思い、念話を使う。

(なんだか、すごく甘い匂いが漂っているんだけど、おまえさん何をしたんだい？)

(焼き菓子の種を生み出して、食べていたんです)

ざっくりとした説明だったけれど、シームルグはそれだけで理解したらしい。

(おまえさんのスキルは、ホントに変わってるねえ……って、それよりも迎えの人だけど、真っ直ぐここに向かってたよ。洞窟までの道をそれとなく教えたから、もうすぐ着くんじゃないかねえ)

(もうすぐみんなに会える！)

そう思ったら、嬉しくなって飛び跳ねたい気持ちになった。

(おまえさん、何気に寂しかったんだねえ)

シームルグは申し訳なさそうにそうつぶやくと、くちばしをわたしの頰に擦り付けた。

そんな話をしていたら、洞窟の入り口から声がした。

「チェルシー？」

現れたのは、泥で汚れたブーツや服を身につけたグレン様だった。

「グレン様！」

駆け寄ろうとしたのだけれど、シームルグに腕を摑まれて前に進めない。

グレン様はシームルグを睨みつけると、足を止めた。

(ちょっとお待ち。ひとつ確認させておくれ)

シームルグの言葉に首を傾げる。

(おまえさんはあの男のところに戻っても、不幸になったりしないかね?)

(グレン様はわたしをつらい場所から救い出してくれた人で、出会ってからずっと幸せにしてくれる人でもあるから、大丈夫)

わたしは微笑みながら答えたあと、空いている腕でシームルグのくちばしを撫でた。

(それに、グレン様はわたしの婚約者なんだよ)

少し照れつつそう告げると、シームルグはくちばしをパカッと開けた。

(おまえさん、婚約者がいるような年齢なのかね!?)

なんだか、ここに来てから一番驚かれたような気がする。

(わたしはこれでも十四歳だよ)

(十四で婚約者がいるとは……人族は番うのが早いんだねえ)

シームルグはそう言うと摑んでいた腕を離した。

そして、くちばしでそっと背中を押す。

(もう大丈夫そうだね。さあ、行っておいで。この国に幸いをもたらす子)

そういえば、わたし……自己紹介してなかった!

「わたしの名前はチェルシーだよ。またね、シームルグ」

小さく手を振ったあと、わたしは洞窟の入り口に立つグレン様のもとへと駆け寄った。

グレン様は今にも泣き出しそうな顔をしながら、わたしを抱きしめる。

「チェルシーが無事でよかった……！」

少しだけかすれかかった声を聞いたら、胸がぎゅっと苦しくなった。

「心配かけてごめんなさい」

するりと出た言葉と同時に、わたしの頬に冷たいものが伝った。

種を生み出したり、ルートに話し相手になってもらったりして、なんとか誤魔化していたけれど、本当はずっと心細くて寂しかった。

男爵家にいたころのことを考えれば、食べるものには困らないし、寝る場所も固くないのだから、つらいと考えてはいけないと思っていた。

でも、やっぱり、突然連れてこられたことは怖くて、つらかった。

我慢していた感情と一緒に声を出して泣いてしまった。

グレン様は少し涙目になりながら、わたしの頭を撫でてくれる。

しばらく撫でられたままでいると、だんだん落ち着いてきて、涙は引いた。

久しぶりに撫でられて嬉しい……。

そう思っていたら、ガサガサという音がして、ミカさんと護衛の騎士たちが洞窟の入り口へとやってきた。

「や、やっと追いついたのよ～」

ミカさんはぐったりした声でそう言うと、その場にへたり込んだ。

護衛の騎士たちも肩で息をしていたり、膝に手を当てて座り込まないようにしていたり、鞘に入った剣を杖代わりにして立っていたり……なんだかとても疲れているように見える。

不思議に思っているとグレン様がシームルグに視線を向けてつぶやいた。

「あの鳥が誘導しているように見えたから、追いかけてきたんだけど、どうやら俺だけ先に着いてしまったみたいでね」

「殿下は、獣族のミカよりも速く走るのよ～……恐ろしいのよ～……」

「もしかして、グレン様のブーツは速く走ったから……？」

抱きしめられながらそう尋ねると、グレン様はハッとした表情になって慌ててわたしを離した。

「こんなに汚れているとは気づかなかった……ごめんね。チェルシー」

グレン様はすぐに《清潔》の魔術を使って、汚れを落とした。

そしてすぐにわたしを抱きしめ直す。

抱きしめてもらえるのは嬉しいのだけれど、みんながいる前なので少し恥ずかしい。

「今日は絶対、離さない……」

グレン様がわたしにしか聞こえないくらいの声でそうつぶやく。

寂しくてつらかったのは、わたしだけではなかったみたい……。

それが理解できたので、恥ずかしくてもそのままでいることにした。

その後、わたしはグレン様に抱き上げられながら、もう一度洞窟の中へ戻ることになった。

「今から出発しても、今夜中に一番近い町までは着かない。なので、今夜はここに泊めてもらえないだろうか？」

グレン様がシームルグに向かってそう尋ねる。

シームルグの巣であるこの洞窟は急な斜面の山の中腹あたりにあって、徒歩でしか行き来ができないらしい。

グレン様たちは麓の町に馬を預けて、徒歩でここまで来たのだとか。

山を下るなら、明るい時間のほうがいいだろうということで、わたしがシームルグに泊めてもらえないか頼むことになった。

シームルグはすぐに頷き、洞窟の奥へと案内してくれた。

洞窟の奥に着くと、グレン様が何度も瞬(まばた)きを繰り返して驚いた表情を見せる。

「どうして、洞窟にテーブルや椅子、ランプがあるんだ……？」

「スキルを使って生み出したんです」

わたしがそう答えると、グレン様はわたしを近くにあった椅子に下ろしてくれた。

「どういうことかな?」

そこからわたしは、この洞窟に来てから生み出した種を全種類、もう一度生み出して、テーブルに並べた。

「これはお皿とボウルとカップが実る食器の種で、こっちは前にトリスに渡していたフォークとナイフとスプーンが実るカトラリーの種だね。それでこっちは……へえ、これはテーブルと椅子が実る食卓セットの種なんだ」

コインの表面に実るものが描かれた種を見ながら、グレン様がひとつひとつ鑑定していく。

次からは種の名前を言えば、簡単に生み出せるので、鑑定してもらえるととても助かる。

「花から水がこぼれる水の種、ランプの花の種、アケビの種……アケビは生長が早いだけで一般的な植物だね」

グレン様の言葉に頷く。

「どれもこれもすごいね。きっとトリスが大喜びしそうだ」

そう告げた直後、精霊樹でできたブレスレットからルートが飛び出してきた。

親指くらいの大きさで蝶々(ちょうちょう)の羽を持つルートの姿を見て、グレン様が首を傾げる。

『チェルシー様……ってお迎え来たんだね!』

ルートはそう言うと、わたしの頭の上に留まった。

グレン様の視線がじっとルートへ向く。

「伝達の精霊に名前をつけたんだね」

グレン様はルートのことを鑑定したらしく、驚いた表情に変わっていた。

『ぼくは伝達の精霊ルート。チェルシー様の契約精霊だよ！』

「契約も交わしたんだね」

『うん！』

ルートは弾んだ声で答える。契約したことがよほど嬉しかったらしい。

『あ、そうだ！　保管庫のみんなが焼き菓子おいしかったって！　ありがとうって言ってたよ』

「あの焼き菓子だったらいつでも生み出せるから、またあげるね」

ルートの言葉にそう答えると、グレン様の動きが止まった。

「今、生み出せるって言ってなかった……？」

「そうなんです。クッキーやパウンドケーキが実る種も作ったんです」

わたしの言葉にグレン様がぽかんと口を開けた。

先ほどと同じように、種を生み出してテーブルに並べるとグレン様はすぐに鑑定してくれた。

「クッキーの種、マドレーヌの種、ビスコッティの種、パウンドケーキの種……本当にすごいね」

試しにマドレーヌの種を壁際に植える。

すぐに芽が出て茎が伸び、花が咲いたと思ったら、アケビのような形をした実がひとつ生（な）った。

それをプチッと幹から取ると茎や葉がすごい勢いで枯れていく。

その様子を確認してから、両手のひらでは収まりきらない瓜のような大きさの茶色い実を割った。

割ると同時に洞窟に甘い香りが漂ってくる。

中には焼き立てのマドレーヌがいくつも入っていた。

匂いにつられて、ミカさんが近づいてきた。

「焼き立てのマドレーヌなのよ～？」

実の中身を見て、驚きの声を上げている。

「鑑定したけど、間違いなくマドレーヌだね。食べてもいいかな？」

グレン様の言葉に頷く。

「ミカも食べるのよ～」

二人はマドレーヌを手に取ると、同時に食べた。

「うまいな……」

「ミカが作ったマドレーヌと同じ味がするのよ～！」

「ミカさんが作る料理やお菓子が好きなので、味が再現されたみたいなんです」

そう告げると、ミカさんはぽかんと口を開けていた。

護衛の騎士たちが気になってこちらを見ていたので、残りのマドレーヌを配る。

「チェルシーちゃん、すごいのよ～！」

食べ終わったミカさんが飛び跳ねるようにしてわたしのそばにやってきた。

「一度食べた料理なら何でも作れるようになるのよ～！　これは……料理人泣かせなのよ～！」

ミカさんはそう言うと、わたしの肩をガシッと摑んで揺さぶった。

食べるものをスキルで生み出すようにしたら、料理を作る人がいらなくなってしまう。

つまり、専属料理人であるミカさんの立場がない……。

「わたしはミカさんが作った料理を食べたいので、食べ物を生み出すのは……その、困ったときだけにします」

がくがくと揺れる中そう伝えると、ミカさんの動きがピタッと止まった。

「じゃあ、チェルシーちゃんが困らないように今まで以上に気をつけるのよ～！　ホントに無事でよかったのよ～」

ミカさんはそう言うとわたしを抱きしめた。


その日の夜は、ミカさんがアイテムボックスから簡易キッチンを取り出して、いろいろな料理を作ってくれた。

食卓セットの種を生み出して、護衛の騎士たちの座る椅子も用意したので、ひさしぶりに大人数で料理を食べることになった。

やっぱり、みんなで食べるとおいしい。

シームルグに連れ去られたことで、みんなの存在を改めてありがたいものだと感じた。

+++

翌朝、わたしたちはシームルグに挨拶をして、馬を預けてある麓の町へ向かおうとしていた。

ところが、シームルグがわたしの頭にくちばしを乗せてくる。

（どうしたの？）

念話で話しかけたところ、シームルグがこんなことを言い出した。

（おまえさん……チェルシーの足じゃ今日中に麓の町には着かないよ。私が送ってやるから、他の者たちには先に行くよう伝えておくれ）

たしかに訓練した護衛の騎士たちや獣族であるミカさんたちのような速さで山を下りることはできないだろう。

（ありがとう。伝えるね）

シームルグにそう言ったあと、わたしは出発準備をしているグレン様のもとへと向かった。

「あの、シームルグがわたしを麓の町まで送ってくれるって言っていて……」

そう伝えると、グレン様は不思議そうに首を傾げる。

「それはありがたいこと……って、チェルシーは霊鳥の声が聞こえるのか？」

「いえ、念話を使って頭の中で会話をしているんです」

ルートと契約して念話が使えるようになったこと、念話がどういったものなのかを簡単に説明するとグレン様はわたしの手を握った。

「触れている相手と頭の中で会話ができるのか……俺ともできるのかな？」

（聞こえますか？）

わたしのほうから念話で話しかけると、グレン様は目を輝かせた。

（聞こえるよ。これは便利だね）

グレン様はそう言うと少し考え込むように顎に手を当てる。

（試してみたいことがあるんだけど、いいかな？）

わたしがコクリと頷くとグレン様は続きを話し出す。

（チェルシーが霊鳥と俺に触れた状態なら、チェルシーを介して霊鳥と俺も会話することができないかな？）

それって三人……二人と一羽で話してみるということ？

楽しそうだったので、試してみることにした。

グレン様と手をつなぎながら、シームルグのもとへと戻る。

そしてくちばしに向かって手を伸ばしたら、シームルグが擦り寄ってきた。

（グレン様とシームルグに念話を使っているのだけれど、聞こえますか？）

少しドキドキしながら念話を使って話しかけると、グレン様とシームルグから返事があった。

（俺には聞こえてるよ）

（こりゃたまげたね！　こっちにも聞こえているよ）

頭の中にシームルグの驚きの声が響いてくる。

（会話ができるんだったら、そっちのおまえさんも……）

（ああ、自己紹介がまだだったね。俺はグレンだ）

（私はシームルグだよ）

頭の中でグレン様とシームルグがあいさつを交わしている。

それがなんだかおかしくて、ぷっと吹き出してしまった。

わたしが笑っているからか、グレン様もシームルグも笑い出した。

ひとしきり笑ったあと、シームルグは片方の翼を広げた。

（そうだ。グレンも私の背にお乗り。麓の町にはすぐ着くからね。他の者が到着するまでチェルシーと一緒にいておくれ）

（それは願ってもないことだ。よろしく頼むよ）

こうして、わたしとグレン様はシームルグの背中に乗ることになった。

＋＋＋

洞窟の入り口でミカさんと護衛の騎士たちを見送ったあと、わたしとグレン様はシームルグの背中に乗った。

「チェルシーが前に、俺が後ろに乗ろう。落ちないように魔術も掛けておくよ」

グレン様はそう言うと、わたしとグレン様とシームルグが離れないようにする魔術を掛けてくれた。

これでシームルグの背中から落ちることはない。

さらにグレン様が後ろから支えてくれるので、倒れることもない。

(チェルシーもすごいと思ったけど、グレンもすごいんだねえ)

シームルグはグレン様の魔術を見て、そんな風につぶやいていた。

まるで自分が褒められたかのように嬉しくなる。

(さあ行くかね)

シームルグはそう告げると、洞窟を飛び立った。

洞窟に連れてこられたときは、恐怖から周囲を見渡せなかったけれど、今回は背中の上だし、グレン様にも支えられているため、じっくり見ることができる。

(麓の町までは本当にすぐ着いてしまうから……せっかくだし、周囲を見て回ろうかね)

シームルグはロイズ様よりも速く飛ぶようで、気づけば麓の町を通り過ぎていた。

(すごく速い……!)

（おや、チェルシーは空を飛んだことがあるのかね？）

何かと比較して速いと感じているのが伝わったようで、シームルグはそう聞いてきた。

（ラデュエル帝国の皇帝陛下に運んでもらったことがあるんです）

そう答えると、シームルグは楽しそうに笑った。

（ああ、あのちょっと変わった竜人かね。何百年か前に飛んでるところを見たけど、あの子も速かったねえ）

（ロイズ様をあの子と呼ぶなんて、シームルグはいったい何歳なんだろう……）

つい思ったことを念話で伝えてしまった。

すると、シームルグは少し低めな声を出す。

（レディに年齢を聞くもんじゃないって教わらなかったのかい？）

聞いてはいけないことだったと思って、慌てているとシームルグがクスクスと笑い出した。

（おまえさんは本当に変わっているねえ）

そんな会話をしているうちに、塔のようなお城がある首都を通り過ぎていく。

そこからさらに北へ向かうと、どんどん緑が増えていった。

（マーテック共和国の北側も首都へ向かえば向かうほど緑がなくなるんですね）

わたしのつぶやきに、グレン様とシームルグが同意する。

（空から見るとさらによくわかるね）

（ここ数年でどんどん減っていってるんだよ）

北の大山脈と呼ばれる場所から南西へと飛び、西側から首都へと向かう。

こうやって見ると首都よりも少し北西側を中心にして、緑がなくなっているように感じる。

なんとも言えない気持ちのまま、シームルグが住む山の麓にある町まで送ってもらった。

町の入り口から少し離れた場所で、背中から降り、シームルグの真正面に立つ。

シームルグはくちばしで背中の青い羽根の中から一枚むしり、わたしに押し付けてきた。

青い羽根は手のひらに収まるくらいの大きさのもので、ベッドに使われていた羽根とは違って、キラキラ輝いている。

この大きな体のどこに、こんな小さな羽根があるんだろう……？

「『シームルグの青い羽根』、燃やすとシームルグを呼び出すことができ、持ち主は燃えない……だって」

グレン様が鑑定結果を口にすると、シームルグはキュルルルと鳴いた。

手を伸ばしてクチバシに触れる。

（大切にするね）

そう念話で伝えると、ため息をつかれた。

（私の手助けが必要になったら、必ず呼んでおくれ。いつでも使えるように身につけておくぐらいがちょうどいいかもしれないねえ。そうだ、部屋に飾るような真似（まね）はよしておくれよ）

これはもしかして、シームルグなりの照れ隠しなのかもしれない。

そう思ったら自然と頬が緩んだ。

どこに身につけよう……？

とりあえず、胸元に青い羽根を挿すと、シームルグはうんうんと頷いた。

それを確認し終わるとシームルグはさっとわたしから距離を取り、翼を広げると一声鳴いて勢いよく飛び立った。

そして、にじむようにして姿が見えなくなる。

「え!?」

「シームルグは、追跡を逃れるためにああやって姿を消すことができるんだよ。チェルシーが連れていかれたときもあんな風に消えたんだ」

連れていかれたときは、怖くて目を瞑っていたから、どんな状態なのか理解していなかった。

わたしはグレン様の言葉に驚きつつも、きっとまだ上空にいるシームルグに向かって手を振った。

「またね！」

＋＋＋

お昼前に着いてしまったので、わたしはグレン様と一緒に町を散策することにした。

シームルグの住む山の麓にある町は、思っていたよりも大きな町だった。

「この町は近くにダンジョンがあるから人が多いんだ」

「ダンジョン……？」

首を傾げるとグレン様が教えてくれた。

ダンジョンとは、モンスターと呼ばれる生き物がはびこる洞窟のような場所だそうで、そこでは冒険者と呼ばれる力ある人たちが日々、モンスターを倒しているのだとか……。

「魔物は倒すと素材や肉が手に入るけど、ダンジョンのモンスターは倒すと霧のように消えて、魔石と運が良ければ特殊な道具が手に入るらしい」

「では魔道具に使われている魔石というのは、ダンジョンから手に入れたものなんですね」

わたしの言葉にグレン様が頷いた。

魔道具はありとあらゆる場所にある。

たとえばランタンだったりコンロだったり、わたしが身につけている指輪も魔道具だし……。

「つまり、冒険者さんがいるおかげで豊かな生活が送れているんですね」

そんな話をしていたころ、魔石を売っている店の前でグレン様が足を止めた。

「この店に寄ってもいいかな？」

「はい」

店の中に入ると、ショーケースの中に宝石のように光り輝く大小さまざまの魔石が並んでいた。

「少し店主と話してくるよ」

わたしはグレン様にコクリと頷くと、並んでいる魔石に視線を向けた。

赤くてひまわりの種くらいの大きさもの、真っ青で手のひらくらいの大きさだけれど平べったいものの、黄色くて細くて長いもの、無色で飴玉みたいに丸いものなど、魔石にはいろいろな色や形があるらしい。

ショーケースの端から端まで見終わると、壁際に貼られている魔石の説明に目がいった。

『魔石は一期一会！　モンスターを倒すまで、どんな魔石が手に入るかはわかりません』

だから、色も形もすべて違うんだ……。

納得しているとぽんと肩を叩かれた。

「お待たせ」

振り向くとグレン様が小箱を手に持ち、微笑んでいた。

「魔石を買ったんですか？」

「うん……。作りたい魔道具があってね。それに必要な魔石を買ったんだ」

「どんな魔道具なんですか？」

つい気になって聞いてみると、グレン様はふふっと微笑んだ。

「今はまだ秘密……かな。出来上がったら、チェルシーにプレゼントするよ」

「楽しみにしていますね」

どんな魔道具かわからないけれど、グレン様からいただけるものなら何でも嬉しい。

ワクワクした気持ちのまま、グレン様とともに、店の外へ出た。


宿に向かって歩いていると、肉串を焼いている屋台のドワーフ族のおじさんが声をかけてきた。

「嬢ちゃん、うちの肉串持っていきな！」

「え？」

驚いているとドワーフ族のおじさんはニッとした笑みを浮かべた。

「その青い羽根を持ってる子どもに料理をやると幸運が訪れるって言われてるんだ。だから、受け取ってくれ」

紙袋に入った肉串を無理矢理手渡される。

「ちょっとあんただけ渡して、ずるいじゃないかい！」

今度は隣の屋台のエルフ族のおばさんがそう叫ぶと、ホットサンドを手渡してきた。

そして気づけば両手いっぱいに食べ物を抱えることになった。

持ち切れなくて、グレン様にも持ってもらっている。

「これ、どうしましょう……」

「まずは胸元に挿してある青い羽根をしまったほうがいいかもね」

グレン様は苦笑いを浮かべながらそう言った。

わたしはすぐに精霊界にある専用の保管庫に預かってもらえるよう頼んだのだけれど、何の反応もなかった。

「あれ？」

そうつぶやいたところで、左手首につけている精霊樹でできたブレスレットから、親指くらいの大きさの伝達の精霊ルートが飛び出してきた。

『チェルシー様、ごめんなさい。その羽根は精霊界に持っていけないみたい……』

そんなことってあるんだ!?

驚いていると、グレン様がじっと羽根を見つめた。

「特に変わった記述はないんだけどね……。もしかしたら、シームルグは精霊に近い生き物だから、精霊たちみたいに古の制約があるのかもしれないね」

たしかにシームルグは名前をつける前のルートと会話をしていたので、その可能性はある。

二人でそんな話をしながら、町の外れにある広場へ足を運んだ。

そこに設置されているベンチに腰掛けて、あちこちの屋台でいただいた料理を食べることにした。

「食べきれないから、ルートも食べてね」

『任せて！　余ったら、保管庫の精霊たちにも分けてほしいよ』

間違いなく余る量なので、強く頷いた。

食べ終わったあと、青い羽根を上着で隠しながら馬を預けてある宿へと向かった。

先に厩舎を見に行ったのだけれど、クロノワイズ王国からずっと一緒に来ている馬たちがいてホッとした。

部屋に移動してグレン様とソファーに腰掛ける。

ルートは余った料理を保管庫に持ち帰ったためいない。

無言でいるとグレン様がわたしの髪を一束すくい、唇を当てた。

そしてそのまま抱きしめてくる。

わたしがここにいることを確かめるような行動に、何も言葉が出ない。

「……本当にチェルシーが無事でよかったよ」

「ご心配おかけしました」

そう答えるとグレン様は、抱きしめるのをやめた。その代わり手を繋いで話し出す。

「連れ去っていったのが霊鳥だったから、ケガはしていないと思っていたんだ。それよりも、食べ物の確保や寝る場所があるか心配していたんだけどね」

グレン様は眉をハの字にしてそう告げた。

「令嬢としての教育では、そういったときにどうすべきか習っていませんが……わたしには男爵家で暮らしていた経験があるので……」

そう言うと、グレン様はハッとした表情になった。

「そういえばそうだったね。今のチェルシーはどこから見ても令嬢らしい令嬢だから、すっかり忘れていたよ」

「わたしもまさかこんなところで、男爵家にいたころの経験が役立つとは思っていませんでした。どんなことでも、役に立つものですね」

昔よりも前向きになったことに気づいて、自然と頬が緩んだ。

「チェルシーは離れていた二日間で大きく成長したんだね」

グレン様の言葉に、強く頷いた。

夕方になって、ミカさんと護衛の騎士たちが宿へと到着した。

「明日は日の出くらいには出発するから、早く寝るんだよ」

グレン様の言葉に頷き、その日は早めに眠った。

そして翌朝は日の出とともに麓の町を出発した。

7. 土壌改良の種

I'll Never Go Back to Bygone Days!

日が暮れかけたころ、首都の南にある精霊樹の幼木の近くに到着した。

馬車を降り、街道から精霊樹の幼木のそばに座っている精霊姿のエレのもとまで向かう。

「エレ、ただいま」

そう告げると、エレは深いため息をついた。

「無事だとルートから聞いてはいたが、心配したぞ」

「心配かけてごめんなさい」

すぐに謝るとエレは、顎に手を当て少し悩んだあとつぶやいた。

「チェルシー様が悪いわけではないが、それでは気が済まぬであろう？　あとで洞窟での出来事を聞かせてくだされば、許すとしよう」

どうやら気を遣ってくれたらしい。わたしは嬉（うれ）しく思い微笑（ほほえ）む。

「うん。帰りの馬車の中で話すね」

そう告げると、精霊姿のエレはうんうんと頷（うなず）いた。

「さて、帰りの楽しみができたゆえ、さっさと精霊樹を生長させねばならんな」

エレは真剣な表情になりながら、精霊樹の幼木へと視線を移した。

「チェルシー様が挿し木してから三日経ったが、まったくもって育っておらん」

精霊樹の幼木は挿し木した直後と同じく、わたしの腰くらいの高さまでしか育っていない。

本当だったら、王立研究所の二階くらいまでの高さまで一気に育つはずなのに……。

そう思っていたら、隣に立つグレン様が苦笑しつつ、つぶやいた。

「精霊樹の幼木を鑑定したけど、注釈に『土壌に問題がありすぎる。早くよい土壌にせよ』と書いてあるよ」

「植物なのに、なんだかはっきりしてるのよ～」

そばにいたミカさんがそうつぶやいた。

「原初の精霊樹の種を鑑定したときも『チェルシー以外触るな。チェルシーのそばで、日当たりがよく広い土地に穴を掘り、手早く埋めよ』という細かい注釈が書いてあったんだよね」

そういえばそんなこともあった……！

グレン様の言葉に頷く。

「精霊樹にはまるで意思があるみたいですね」

そして、そうつぶやくと精霊姿のエレがきょとんとした表情になった。

「意思があるに決まってるではないか」

「「「え!?」」」

わたしとグレン様とミカさんは、同時に驚きの声を上げた。

「意思がなければ、いつごろ挿し木用の枝が用意できるかなど、わからぬであろう」

「言われてみれば……」

エレの言葉にわたしはコクコクと頷いた。

そんな話をしていたら、馬車が停まる音がして、マーテック共和国の総代表でキュート族のリリレイナ様がやってきた。

どうやら、精霊樹の幼木を守るために周囲にいた兵士の一人が、わたしたちがここに到着したことを知らせに行ったらしい。

リリレイナ様は転びそうな勢いで、走ってくるとわたしの目の前で立ち止まり、そして、その場に膝をつき謝り出した。

「チェルシー様！　我が国の者が大変失礼いたしました！」

「いえ、あの、ブーツが汚れてしまうので立ち上がって……」

突然のことに驚きつつそう言ったけれど、リリレイナ様は立ち上がらない。

「そういえば、チェルシーには伝えていなかったね」

グレン様はそう言うと、わたしたちを襲った黒服の男たちは、代表団の一人が引き込んだのだと教えてくれた。

「チェルシー様はこの枯れた大地を元に戻す力があると伺っております」

リリレイナ様は謝ったままの姿勢でそう話してくる。

作物を作りすぎて栄養不足となった土地には、不足した栄養を肥料として撒くことで、徐々にだけれど元の姿に戻っていく。

魔力不足や魔力枯渇を起こしている土地にも、魔力を満たすことができれば、元の姿に戻るはず。

つまり、魔力を満たす種を生み出してほしいという話かな？

どう返答しようか迷っていると、グレン様が首を傾げた。

「大地が枯れる原因はわかっているのかな？」

「魔力が枯渇しているために、大地が枯れているというのは把握しているのですが……では、なぜ魔力が枯渇しているのか？　という話になると究明できていません」

リリレイナ様は顔を上げ、悔しそうな顔をしながらグレン様にそう答える。

「原因がわからないからといって、黙ってこのまま大地が枯れていくのを見ているわけにはいかないのです！　チェルシー様！　どうか、ひと時だけでもいいので、枯れた大地を元に戻してくださいませんか!?」

リリレイナ様はそう言うと、今にも泣き出しそうな表情になりながら、わたしに向かって頭を下げた。

「ちょうどよかろう。魔力がなければ精霊樹は育たぬ。こやつの頼みに応えて大地に魔力を与えるといい」

オーバーラップ文庫&ノベルス NEWS

「マーテック共和国の人がやっていいと言うのだから、やろうか」

「チェルシーちゃんの出番なのよ～」

エレ、グレン様、ミカさんの言葉を聞き、わたしは頷く。

「わかりました」

そう告げると、リリレイナ様はもう一度勢いよく頭を上げた。

「ありがとうございます！　チェルシー様！」


そこからみんなで話し合って、設計図を考えよう……となったのだけれど、立ち上がったリリレイナ様が不思議そうな顔をした。

「どうやってチェルシー様は枯れた大地を元に戻すのでしょうか？」

そういえば、リリレイナ様にわたしのスキルがどういったものなのか伝えていない。

「わたしは【種子生成】という願ったとおりの種子を生み出すスキルを持っていて……」

「願ったとおり……!?」

「はい。なので、食器の形をした実が生る種みたいなものが生み出せるんです」

わたしはそう言ったあと、その場で食器の種を生み出して、地面に植えた。

すぐに芽が出て育ち、コップとお皿とボウルの形をした実が生った。

実を取ると残った茎や葉がすぐに枯れてさらさらとした肥料に変わっていく。

「す、すごい……！」

リリレイナ様はコップの実を両手で持ちながら、驚きの声を上げていた。

「存在する種や想像しやすい種であれば、すぐに生み出せるのですが、そうでない場合、きちんとした設計図を作らないと、なんだかよくわからない種ができてしまうので……」

「だから、設計図を考えよう……なのですか」

リリレイナ様は納得したらしく、コクコクと頷いていた。


納得したところで、精霊界にある保管庫から植物図鑑を取り出す。

「この植物は空気中に漂う栄養素を根に留(とど)めることができるもので、枯れるとその栄養素が土に溶けるのだそうです」

わたしは植物図鑑を開きながら、とある植物について説明する。

「これを応用すれば、空気中に漂う魔力を根に留める種が生み出せるってわけか……いいね」

グレン様は感心したようにうんうんと頷いた。

「あまり多く送りすぎて、魔力過多になりすぎんようにな」

精霊姿のエレが腕を組みながらそう告げる。

「大地が魔力過多になるとどうなっちゃうのよ～？」

ミカさんがそう問えば、エレがとても嫌そうな顔をした。

「……わかりやすい言葉で言えば、腐る」

「「「く、腐る……!?」」」

わたしとリリレイナ様とミカさんが同時に叫んだ。

グレン様は微妙な顔をして黙っている。

「ついでに、空気中の魔力濃度が下がって、人は具合が悪くなるな」

「それはダメなのよ～！」

「本末転倒になってしまいます」

ミカさんとリリレイナ様の言葉にわたしは頷く。

「一度に留められる魔力の量は根の大きさだけにして、種を蒔く数で魔力量の調整をするということで……」

そう告げると、ミカさんとリリレイナ様がホッとした表情になった。

「種を蒔く数で調整するなら、増えないほうがよさそうだね。一世代限りのものとして、必要な分だけチェルシーが生み出すようにしようか」

グレン様の言葉にわたしはコクリと頷いた。

みんなの意見をまとめて、ミカさんに設計図を描いてもらう。

「描けたのよ～」

見た目は植物図鑑に載っていたクローバーを参考にした。

設計図を読み込み、わたしは頷いた。

「では、生み出しますね」

そして、大きく深呼吸してつぶやく。

「設計図どおりの種を生み出します――【種子生成】」

ぽんっという軽い音がして、手のひらに小さな種が現れた。

すぐにグレン様に鑑定してもらう。

「名前は『土壌改良の種』で、植えると空気中に漂う魔力を根に溜める植物が生える。一定量、根に魔力が溜まると枯れ、肥料となったあと、溜まった魔力が放出される。一代限りの植物で、花は咲かないため、実もできない、だそうだ」

鑑定結果が設計図どおりだったので、ホッとした。

「試しに植えてみますね」

わたしはそう告げたあと、足元に種を落とした。

するとすぐに芽が出て地面を這うように茎や葉が広がっていった。

高さはわたしの足首くらいしかないけれど、幅と奥行きがわたしの身長くらいあって、まるで緑色のカーペットみたい……。

根に魔力が溜まると葉が広がるのが止まり、あっという間に枯れた。

土壌改良の種が枯れた地面の様子をグレン様がじっと見つめる。

しばらくすると、う～んと悩むような声を出した。

「枯れた直後はほんの少しだけど、地中の魔力が回復して、魔力不足の状態になったんだけど、すぐにまた魔力枯渇に戻ったよ」

「もっとたくさん種を蒔く必要がありそうですね」

わたしがそうつぶやくと、その場にいる全員が頷いた。

「とりあえず、たくさん蒔いてみようか……」

なぜかグレン様は腑に落ちない様子だったけれど、ひとまず土壌改良の種をたくさん生み出すことになった。

ひと粒ずつ土壌改良の種を生み出していく。

「土壌改良の種を生み出します――【種子生成】」

スキルを十回使ったところで、わたしは小さくため息をついた。

一回にひと粒しか生み出せないので、たくさん蒔くためには何回もスキルを使わなければならない。これでは時間がかかりすぎる。

いっそのこと、一回に十粒生み出せたらいいのに……！

そう思いながら、スキルを使った。

「土壌改良の種を生み出します――【種子生成】」

すると手のひらに土壌改良の種を十粒生み出すことができた。

「え？」

わたしが驚いていると、グレン様が手のひらを覗き込んだ。

「あれ？　複数個、一度に生み出すこともできるの？」

「一度に十粒生み出せたらいいなと思いながらスキルを使ったら、できてしまって……」

そう告げると、グレン様はわたしをじっと見つめ出した。

「魔力の減り具合を確認したいから、もう一度、十粒生み出してもらえるかな？」

わたしは頷いたあと、すぐに土壌改良の種を十粒生み出した。

「スキルを十回使ったときと同じだけ魔力が減っているよ」

王立研究所で種を一度に何粒生み出せるか確認したとき、わたしは十回スキルを使うと魔力切れを起こして倒れるほど魔力量が少なかった。

あれから二年以上おいしい食事やお菓子を食べて、魔力壺がとても大きくなった。

結果として、魔力量だけは人並みどころか魔法士団にいてもおかしくないくらいあるそうだ。

「そうか、確認したときは魔力量が少なかったから、一度にたくさん生み出せなかっただけで、魔力さえ足りていれば、チェルシーの願ったとおりに種子を生み出せるということか！」

グレン様はそう結論付けると目を輝かせた。

それからわたしは、グレン様に魔力の減り具合を確認してもらいながら、土壌改良の種を手のひ

らに載るくらいの数、生み出した。

「ひとまず、これくらいで蒔きますね」

みんなに確認を取ったあと、わたしは右手のひらに載っていた土壌改良の種を軽く握り、地面に広げるようにして、左から右に投げるようにして蒔いた。

土壌改良の種は、地面に落ちるとすぐに芽吹き、這うようにして葉が広がっていく。

一面、緑色のカーペットになったところで、いっせいに枯れた。

グレン様がじっと地面の様子を見つめる。

「今回はかなり回復したんだけど、すごい勢いで魔力枯渇状態に戻っていったよ」

「我には膨大な魔力が北西に流れていくのが見えたぞ」

今までほとんど話に参加していなかった精霊姿のエレが視線を北西に移しながらそう告げた。

「流れる？　たしか文献には、空気中や地中の魔力は広がると書かれていたけど」

グレン様がそう言うと、エレが頷いた。

「そのとおりだ。魔力は常に周囲と均一になろうと勝手に広がっていくものだ」

「一方向に流れていくのはおかしいということ……？」

わたしがそう尋ねると、エレはまたしても頷いた。

「故意に集めぬかぎり、魔力があのように流れていくことはない」

エレのつぶやきに、リリレイナ様がハッとした表情になった。

「まさか、北西に魔力を収集する魔物がいるのでは!? すぐにでも魔力の流れを追って、魔物を討伐しなければなりません！」

リリレイナ様はそう言うと、視線を精霊姿のエレへと向けた。

「精霊様に魔力の流れを追ってもらうことは可能でしょうか？」

勢いよくリリレイナ様が問うと、精霊姿のエレは問い返した。

「それは討伐に同行せよという意味か？」

「はい。ぜひ！」

「我は精霊樹の幼木を守らねばならぬ。ゆえに、ここから離れることはできぬ」

エレは首を左右に振りながら、そう答えた。

「守りであれば、我が国の兵士に任せることも……」

「害されぬよう守っているだけではない。乾燥せぬよう、傷まぬよう術を掛け続けている。我以外にできる者はおらぬゆえに、離れられぬ」

エレが精霊樹の幼木から離れないだろうというのは予想していたけれど、挿し木用の枝に掛けていた術を幼木にも掛けていたんだ……！

だから、エレはここで待っていたのだと、改めて理解した。

「……別の方法を考えなくてはなりませんね」

リリレイナ様ががっくりと肩を落としながら、そうつぶやいた。

別の方法か……。

「魔力って他の精霊にも見えるの？」

もし見えるなら、伝達の精霊ルートを呼んで、魔力の流れを追ってもらえばいい。

そう思ってエレに尋ねると、またしても首を横に振られた。

「我以外に見える精霊はおらぬ。先ほどの魔力とて、膨大であったから我にも見えたにすぎぬ」

「エレにも膨大な魔力でないと見えないんだね……」

わたしがそうつぶやくと、しーんと静まり返ってしまった。

みんな黙ってあれこれと考えていると、エレがため息をついた。

「我以外にも見えればよかろう」

エレはそう言うとじっとわたしを見つめてくる。

わたしのスキルは『願ったとおりの種子を生み出す』というもの。

どんな種だって、願えば生み出すことができる。

「エレ以外のみんなにも魔力が見えるような種を生み出せばいいんだ……」

そうつぶやくと、エレが正解とでも言うようにニヤッとした笑みを浮かべた。

わたしはすぐに思いついたままスキルを使う。

「魔力が光って見える土壌改良の種を生み出します――【種子生成】」

ぽんっと軽い音がして、手のひらに小さな種が現れる。

「グレン様、鑑定していただけませんか？」

みんなの視線が集まる中、手のひらに載った種をグレン様に見せた。

グレン様は微笑みながら、【鑑定】スキルを使ってくれた。

「名前は『光る土壌改良の種』で、性能は土壌改良の種と同じだけれど、根に溜まった魔力は放出されたあとも一定時間、光り続ける」

それならすぐに植えても大丈夫だろう。

先ほど生み出した土壌改良の種との違いは、光るだけ。

わたしはそう判断して、種を地面に落とした。

すぐに芽吹いて、緑のカーペットが広がる。それと同時に地面がうっすら光り出した。

「きっと、根っこが光ってるのよ～」

どうやら、根に魔力が溜まると同時に光るらしい。

それからすぐに葉や茎が枯れ、肥料へと変わる。

「さっきと同じくほんの少し回復した」

グレン様がそう言った途端、うっすらとした光がすーっと北西へ動き出して、だいぶ離れたあたりで消えた。

「す……すごいです！　これがあれば、魔力の流れが追えます！　魔力を収集する魔物のもとまでたどり着けます！」

リリレイナ様の目がカッと開いている。

「チェルシー様！　どうか、光る土壌改良の種を譲ってください……！」

すごい勢いで頼んできたので、思わずコクコクと頷いた。

「どれくらいの数が必要でしょうか？」

そう尋ねるとリリレイナ様が悩み始めた。

その横で、ミカさんがつぶやく。

「一定時間で消えるから、たくさん必要なのよ～。魔物がいる場所まで遠かったら、さらに必要なのよ～」

続いて精霊姿のエレもつぶやいた。

「日中にあの明るさだと人には見えぬかもしれぬ。一度にたくさん蒔くことも考慮せよ」

ミカさんとエレの言葉を聞き、リリレイナ様はさらに悩んでいるようだ。

「その……種を生み出しながら、討伐に同行していただくことは可能でしょうか？」

リリレイナ様は悩みに悩んだ末、絞り出すような声でそう尋ねてきた。

わたしが同行すれば、種が足りないなんてことはなくなる。

納得して頷こうとしたところで、グレン様に止められた。

「魔物がいる場所にチェルシーを連れていくなんて、許すわけがない」

グレン様はわたしをかばうようにぎゅっと抱きしめた。

ミカさんも尻尾をぶわっと膨らませて、威嚇するような表情になっている。

「同行するだけで、討伐に参加するわけではないですよね？」

抱きしめられながら、そうつぶやくとリリレイナ様から「はい」という声が聞こえた。

「種を生み出していただくだけです」

リリレイナ様の言葉を聞いても、グレン様は頷こうとしない。

「グレン様……万が一、魔物に襲われても、わたしには指輪があるのでケガはしません」

体をもぞもぞと動かして、顔の横に右手の甲を出す。薬指につけている指輪がきらりと光った。

この指輪は婚約指輪であると同時に、装着者の身に危険が及ぶと自動で防御の魔術が発動する魔道具でもある。

これがあれば、絶対にケガをすることはない。

「だから、同行を許してくれませんか？」

グレン様はわたしの言葉を聞くと、小さくため息をついた。

そして抱きしめていた腕を緩めた。

「チェルシーだけでなく、俺も同行していいなら……本当は嫌だけど許すよ」

グレン様はわたしにしかたないという表情を見せながら、そうつぶやいた。

「ミカもついていくのよ〜！」

護衛の騎士たちも背後で頷いている。

みんながいてくれるなら心強い。

「種を生み出すだけでよければ、同行します」

わたしがそう告げると、リリレイナ様はホッとした表情になった。

「ありがとうございます！」

リリレイナ様はお礼を告げると、近くにいた側近のようなエルフ族の男性に討伐に参加する人を集めるよう指示を出した。

「今日はもう日が暮れたことだし、出発は明日以降だと思っていいかな？」

グレン様がリリレイナ様に尋ねる。

「もちろんです。相手は魔物ですから、しっかり準備を整えてから出発すべきでしょう。それにみなさんはこちらに戻ってきたばかりです。ゆっくり休んでください」

そうしてわたしたちは、マーテック共和国のお城の客室で休むことになった。

8. 光る魔力を追って

I'll Never Go Back to Bygone Days!

三日後、わたしたちは百人近くいる討伐隊とともに、首都の南門を出て、精霊樹の幼木の近くに集合した。

討伐隊はマーテック共和国の兵士だそうで、武術系や魔法系、それから治癒のスキルなどを持つ人たちで構成されているらしい。

魔物討伐に慣れている人を優先的に選んだとリリレイナ様が言っていた。

精霊樹の幼木から少し離れた場所には、討伐隊に囲まれるようにしてリリレイナ様が立っていた。

今回の討伐隊の指揮はリリレイナ様が執るらしい。

「チェルシー様。さっそくですが、このあたりに種を蒔いていただけないでしょうか？」

わたしはすぐに頷き、精霊界にある保管庫からボウルいっぱいに入った光る土壌改良の種を取り出した。

同行すると決まった翌日から、少しずつ種を生み出しておいた結果、ボウルがいっぱいになるくらい集まった。

「では、蒔きます」

わたしはボウルに右手を入れて、つかめるだけ種をつかむと、広げるようにして地面に蒔いた。

光る土壌改良の種は、地面に落ちると芽吹き、育っていく。

一面、緑のカーペットが広がっていく様子に、討伐隊の人たちがどよめいた。

「なんて早さで育つんだ！」

「荒地なのに植物が育つなんて……」

「植物なんて久しぶりに見たな」

どんな場所でもこの早さで育つことに慣れてしまっていたため、ここまでどよめきが起こると思っていなかった。

反応に戸惑っている間にいっせいに枯れ、葉の下に隠れていた光がすーっと北西へ動いていく。

たくさん蒔いたこともあって、はっきり見えてよかった……！

しばらく進んだところで光が消えた。

「事前に説明していたとおり、お前たちにはあの光を追いかけてほしい。あの光の先に魔力を収集する魔物がいる可能性がある。気をつけて進むように」

リリレイナ様が討伐隊にそう説明すると、みんながみんな強く頷いた。

その後、光が消えた位置まで移動し、種を蒔く……というのを何度も繰り返しながら、どんどん北西へと進んでいった。

ボウルいっぱいにあった光る土壌改良の種がどんどん減っていく。

もっと生み出しておいたほうがよいだろうということで、わたしは移動しながら種を生み出しておいた。

もちろん、一緒にいるグレン様にわたしの魔力量の減り具合を確認してもらいながら、種を生み出していたので、倒れるようなことはない。

そんなこんなで、北西の山と首都の中間地点にある草木一本生えない丘の上まで着いた。

このあたりは街道からとても離れていて、人の気配がまったくない。

丘の上に立つと周囲よりも高い場所なだけあって、見渡すことができる。

「見晴らしのいい場所ですね」

「魔物もいないようだし、魔力枯渇になっていなければ、いい景色だったんだろうね」

グレン様とそんな会話をしていたら、ミカさんが北西側の丘を下ったところにある少し凹んでいる場所を指差した。

「あんなところに建物があるのよ～」

よく見れば、少し凹んだ場所に周囲の地面と同じ色の土壁でできた小山のような形の建物がひっそりというか、こっそり建っている。

「言われるまで気づきませんでした……」

わたしのつぶやきにグレン様も頷いた。

「見るからに人の目には触れたくないという建物だね」

グレン様はそう言うと、じっと建物を見つめ始めた。

きっと、【鑑定】スキルを使っているのだろう。

そう思いつつ、グレン様の顔を見つめていると、なんとも言えない表情に変わっていった。

「あの建物は『魔力研究所』という名前で、水に魔力を込める研究をしていると書かれている。ついでに認識阻害の魔術が掛かっているみたいだ。よく気づいたね」

グレン様が鑑定結果を告げると、ミカさんがふふんとでも言いそうな雰囲気で尻尾をピンと立てた。

「獣族は鼻と耳がいいから、ああいった隠蔽系の魔術には強いんだったね」

「そうなのよ～。殿下やロイズ様くらいにすごい魔術だと見破れないけど、あの程度だったら簡単なのよ～」

そんな話をしている横でリリレイナ様が睨むように建物を見つめ出した。

「水に魔力を込める……どこから魔力を持ってきて水に込めるのか……」

リリレイナ様の言葉にハッとした。

「……もしかしたら、あの建物が地中の魔力を集めているのではないでしょうか?」

わたしがそうつぶやくと、リリレイナ様が拳を握りしめた。

「そうかもしれません。魔物だと思って除外していましたが、建物である可能性もあります」

「もし、あの建物が地中の魔力を集めているのなら、種を蒔けばすぐにわかるんじゃないかな?

無関係であれば光は通り過ぎていくし、関係あれば建物の中に光が消えていくだろう?」

グレン様はそう言いながら、建物を指差した。

「いっぱい蒔いて、白黒つけるのよ~!」

ミカさんはそう言うと、拳を握って左から右へ……種を蒔く動作を繰り返した。

その様子を見ていたリリレイナ様が手のひらにぽんっと拳を打ちつける。

「たくさん蒔いた場合、もし建物が原因であれば、建物ごと光るかもしれません」

「それはちょっと面白そう……」

リリレイナ様の言葉にわたしはクスッと笑みをこぼした。


というわけで、ボウルに残っていた種をすべて蒔くことになった。

ボウルの半分よりは少ないけれど、わたしの両手ですくうことができるくらいの量はある。

その種をまるで水を撒くように、広範囲に蒔いた。

いままでと同じように芽が出て葉が広がっていく。

草木一本生えない丘の上があっという間に緑生い茂る場所になる。

「何度見てもすごいのよ~」

ミカさんのつぶやきに、討伐隊のみんなも強く頷いた。

その直後、いっせいに枯れ、葉に隠れていた光がすーっと北西へと移動していく。

たくさん蒔いたのもあって、光はとても明るく、まるで波のように見えた。

光の波は丘を下り、北西にある建物に吸い込まれるようにどんどん消えていく。

そしてしばらくすると建物が光り出した。

「やっぱりあの建物が……」

そうつぶやいた直後、建物から轟音(ごうおん)が鳴り、揺れを感じた。

「え？」

どうやら建物が爆発したらしい。

建物があった場所から土煙とともに、先ほど吸い込まれていった光る魔力が周囲に散っていく。

星が降るようなその姿に見入っていると、グレン様がつぶやいた。

「あの建物が魔力枯渇を起こしていた原因のようだね。一度に種を蒔いたことで、一気に魔力を吸い上げた結果、魔力過多で爆発したらしい」

「魔力過多……ですか？」

大地が魔力過多を起こすと腐ると聞いたけれど、他だとどうなるかわからない。

首を傾(かし)げると、詳しく教えてくれた。

「たとえば、紙袋にクッキーを無理矢理詰め込んだら、どうなる？」

「クッキーは割れてしまうし、紙袋は破れてしまうかも……」

想像した結果を伝えると、グレン様は頷いた。

「それと似たようなもので、魔石に魔力を許容量以上に入れると壊れるんだ。正しくは爆発するんだけどね」

グレン様は苦笑いを浮かべながら、そう告げる。

「……試したことがあるとか……？」

そう言うと視線をそらされた。

「まあ、それと同じように水に魔力を許容量以上に入れようとして爆発したようだよ」

そんなこともあるんだ……。

グレン様の話に頷いていたら、壊れた建物から人が出てきた。

全員、黒い服を着ており、よろよろとした足取りをしているけれど、ケガはしていないように見える。

「もしかして、精霊樹を挿し木したときに襲ってきた人たちでしょうか？」

わたしの言葉を聞くと、グレン様は壊れた建物から出てきた人たちをじっと見つめ出した。

「代行者の信者……つまり、同じ組織の者たちだね」

「それはすぐに捕縛しなくては！」

わたしたちの会話を聞いていたリリレイナ様はそう叫ぶと、討伐隊に代行者の信者を捕縛するよう指示を出していった。

「彼らは転移や転送の能力を持っているから、魔力封じの腕輪をつけたほうがいい」

グレン様がそう助言をすると、リリレイナ様はふふんとでも言いそうないい笑顔を浮かべた。

「そのあたり、ぬかりありません」

討伐隊のメンバーであるマーテック共和国の兵士たちは全員、魔力封じの効果を持つ捕縛道具を持ち歩いているのだそうだ。

大陸で一番魔道具を生み出している国だから、全員持ち歩くことができるのかもしれない。

数をそろえるだけでもかなり大変だと聞いたような……。

「クロノワイズ王国でも、騎士全員に持ち歩かせたいところだね」

グレン様は討伐隊を見ながら、そんなことをつぶやいていた。

それからすぐに代行者の信者たち十二人はあっさり捕まった。

もともと魔物を討伐するために集めたメンバーだから強いというのもあるけれど、代行者の信者たちは爆発の影響で魔力酔いを起こしていたらしく、ほぼ無抵抗だったそうだ。

魔力酔いとはお酒を飲みすぎてしまったときと同じような症状を起こすらしい。

まだお酒を飲んだことがないので、どのような症状かはわからないけれど、代行者の信者たちは全員、苦しそうに呻いていたので、とてもつらいもののようだ。

「さすがにこのまま連れていくわけにはいかないよね」

グレン様は苦笑しながら、代行者の信者たちを見つめていた。

＋＋＋

光る魔力を追いかけて道なき道を歩いてきた。

そのため、捕縛した代行者の信者を運ぶような荷馬車は用意していない。

荷馬車を用意するために、討伐隊の何人かが首都へ戻ることになった。

その時間を利用して、リリレイナ様立ち会いのもと、代行者の信者たちを尋問することになった。

代行者の信者たちは、討伐隊に参加している治癒士に【治癒】スキルを使ってもらい、魔力酔いの症状を軽くしてもらったらしい。

どうして症状を軽くしただけなのかと尋ねると、グレン様はにっこり微笑んだ。

「少し酔っているほうが質問に答えてくれやすくなるからだよ」

そういうものなんだと頷きつつ、グレン様とともに代行者の信者たちのもとへと向かう。

代行者の信者たちのそばには、ミカさんが姿勢を正した状態で椅子に腰掛けていた。

その斜め後ろにはリリレイナ様も立っている。

わたしたちの到着を確認すると、リリレイナ様が言った。

「では始めましょうか」

その言葉にミカさんがコクリと頷いた。

「これから、ミカが【尋問】を始めます。きちんと詳しく答えてください」

ミカさんが普段とは違う口調で【尋問】スキルを使い出した。

【尋問】スキルとは、使っている間に問われたことは、必ず答えてしまうというもの。

「あなたたちは何者ですか？」

「我々は代行者様の信者である！」

代行者の信者の一人がそう叫ぶと、なぜか他の信者が勝手に話し始めた。

「代行者様が降臨してくださる場所を作っていたのに、邪魔するとは何事だ！」

どうやらこの信者は、まだだいぶ酔いが残っているらしく、少し呂律(ろれつ)が回っていない。

「降臨する場所とはどういった場所なんだ？」

グレン様が尋ねてみると、酔いの残っている代行者の信者はさらに叫んだ。

「もちろん、危機に陥った国だ！」

叫んだあとはガハハという笑い声が聞こえてくる。

リリレイナ様は怒りでわなわなと震え出したけれど、それをグレン様が止めた。

「どのようにして危機に陥らせるのですか？」

ミカさんが尋ねると、信者の一人が胸を張った。

「聞いて驚け！　我々はなんと、水に魔力を集める装置を開発したんだ！」

そこからは他の信者たちも交えて装置について詳しく説明し出した。

装置を考え出すのにどれくらいの年月がかかったとか、装置にはどの金属が使われていて、どんな魔術を組み込んでいるのだとか……。

その姿はまるで、ずっと秘密にしていた話を打ち明けた子どものようだった。

もしかしたら、今まで他人に話す機会がなかったからか、説明したかったのかもしれない……。

【尋問】スキルを使う必要ってなかったのでは？　と思ってしまうくらい、代行者の信者たちは水に魔力を集める装置について詳しく語った。

「というわけで、この装置を使って、このあたりの魔力を集めていたんだ！　ところが、あのわけのわからん光が水に入っておかしくなった」

酔いの回った代行者の信者はそう言うと、別の信者に視線を向けた。

「なあ？　あの光はなんだったんだ？」

話を振られた信者は、答えに困って視線をウロウロさせている。

「おまえ、魔力に詳しいんだろ？　あれはなんだったんだ？」

「私にだってわからないことはある！　そもそもあの光が魔力かどうかもわからないのに、私が答えられるわけがないだろう！」

怒り出した信者はそう言うと、光が現れたときの状況を語り始めた。

「いつものように水槽に魔力を集めていたら、突然、謎の光が水槽内に現れるようになった。その光はどんどん水槽内に集まっていき、あまりの眩(まぶ)しさに目をつぶったところで爆発が起こった」

「ケガはしなかったんですか？」

つい気になってそう問うと、怒っていた信者はわたしに優しく微笑んだ。

「心配してくれてありがとう。我々はこの装置を完成させるまでの間に、何度も爆発を目の当たりにしているから、爆発対策の魔道具を身につけているんだ。だから、ケガはないんだよ。まあ、爆発対策の魔道具があっても、魔力酔いには毎回掛かるんだけどね」

先ほどまで怒っていた信者はハハハと笑った。

「その装置でどうやって危機に陥らせるのですか？」

ミカさんが冷静に言葉を紡ぐと、最初に答えた代行者の信者が言った。

「この国の魔力を吸い尽くして、魔力枯渇状態にすれば、危機となるはずである」

「代行者様はどこかの国が危機に陥ると必ず降臨してくださると教えに書いてあります」

「最近は代行者様の存在を疑う連中が増えたからな、ここらでいっちょ代行者様に降臨していただいて、存在をアピールしてもらおうとしたんだ」

「そんな理由で我が国を魔力枯渇に陥らせていたんですか……！」

リリレイナ様が怒りの声をあらわにした。

「そもそも、代行者って現れるんですか？」

わたしのつぶやきに、代行者の信者たちは黙った。

ミカさんが同じ質問を【尋問】スキルを使いながら尋ねてくれる。

「「「「わからない」」」」

「え？」

信者たちはやけになったように口々に言い放つ。

「国が危機に陥れば、代行者様は必ず降臨してくださる」

「それが我々の教えですので！」

「危機に陥った場所を用意すればいいのです」

「それってつまり、行き当たりばったりってことじゃ……」

わたしがそうつぶやくと、代行者の信者たちは顔を見合わせたあと視線をそらせた。

代行者の信者たちがマーテック共和国を魔力枯渇に陥らせた犯人だと判明したことで、討伐隊のメンバーはやる気に満ち溢(あふ)れていた。

やる気どころか、怒りかもしれない……。

「現場の調査やさらに詳しい事情聴取は我々が行います」

そう言われて、クロノワイズ王国から来ているわたしたちは先にこの場を離れることになった。

9. 精霊樹と精霊

I'll Never Go Back to Bygone Days!

魔力研究所のあった場所から、首都の南にある精霊樹の幼木のもとまで移動した。

光る土壌改良の種を蒔き、魔力枯渇の原因までたどり着いたこと。

魔力枯渇の原因は、代行者の信者が作った水に魔力を集める装置だったこと。

その装置はわたしが生み出した種で魔力を送りすぎた結果、魔力過多を起こして爆発したこと。

これらのことを精霊樹の幼木を守っている精霊姿のエレに報告すると、楽しそうに笑った。

「爆発させて根本原因を取り去ったか。それは面白い」

エレはひとしきり笑ったあと、視線を精霊樹の幼木へと向けた。

「だがまだ、大地は魔力枯渇のままのようだな」

精霊樹の幼木が育っていないので、**【鑑定】**スキルを持っていないわたしでも、それはわかる。

「早くよい土壌にしろとうるさくてかなわんのでな、すぐにでも土壌改良の種を蒔いてもらいたい」

エレは疲れ切った声でそうつぶやいた。

精霊樹には意思があるらしく、精霊であるエレにあれこれと注文をつけているのかもしれない。

わたしはクスッと笑ったあと、すぐに種を生み出した。

「土壌改良の種を手のひらいっぱいに生み出します――【種子生成】」

ぽんっという軽い音とともに、小さな種が手のひらにいっぱい現れた。

わたしはその種を精霊樹の幼木を囲っている杭の外側に沿って蒔いた。

土壌改良の種は地面に落ちるとすぐに芽を出して葉を広げていく。

一面緑になったあと、あっという間に枯れた。

今回は光らないほうの種を生み出したので、魔力の流れは見えない。

魔力枯渇の原因は取り去ったので、もう大丈夫なはずだから……。

そう思いつつ、じっと精霊樹の幼木を見つめていたら、まるで恥ずかしがるように枝が左右に揺れた。

その直後、精霊樹の幼木がまばゆい光を放ち始める。

「生長するんだね」

わたしのつぶやきに反応するかのように精霊樹の幼木が輝きながら、ぐんぐん育ち始めた。

「あいかわらず、すごいね」

グレン様がそうつぶやく。

わたしとグレン様とミカさんは、ラデュエル帝国で精霊樹が育つところを見ているので、慌てるようなことはない。

気づけば、王立研究所の二階くらいまで育ち、光が収まった。

「育ったのよ～」

ミカさんがそうつぶやくのとほぼ同時に、地面からふわっと何かが湧いた。

黄色い半透明の塊はだんだんと人の形へと変わっていく。

「姫様、初めまして。僕は土の精霊グロスターっていいます」

土の精霊グロスターは、わたしよりも背が低い男の子で、ふわふわのくすんだ黄色い髪にきっちりとしたシャツとベストに黄色いネクタイ、それから膝上くらいのズボンと革靴を履いていた。

グロスターの近くに立っている精霊姿のエレがなんだか変な表情をしている。

それより、気になることを言っていた。

「姫様……？」

わたしはサージェント辺境伯の養女だから、お姫様ではない。

この中でお姫様といったら、ラデュエル帝国の皇女殿下であるミカさんだけじゃないかな。

そう思って、視線をミカさんに向けると、首をぶんぶんと横に振られた。

「保管庫の精霊たちが『姫様』って呼んでいたから、同じように呼んだんですけど、間違っていましたか？」

グロスターはそう言うと、こてんと首を傾(かし)げた。

「わたしはお姫様ではないので、チェルシーって名前で呼んでほしいです」

はっきりそう答えると、グロスターは一瞬目を泳がせたあと、花がほころぶように微笑んだ。

「わかりました。これからはチェルシー様ってお呼びします」

またしても精霊姿のエレの表情がおかしなことになっている。

今度は笑いを堪えているように見えたけど、どうしたんだろう。

「誰かと契約するんだったよね？」

グレン様がそう問うと、グロスターはコクリと頷いた。

「そうです。契約をしないといけないんですけど……」

グロスターはそう言ったあと、周囲をぐるりと見回して、首を横に振った。

「……この場にいる人だとチェルシー様以外はダメなようです」

しょんぼりと肩を落とすグロスターを見て、精霊姿のエレは後ろを向いて肩を震わせた。

そんな会話をしていたら、黒い影がよぎった。

ハッとして空を見上げたら、青くて大きな鳥がこちらに降りてくるのが見える。

「シームルグ！」

名前を呼べば、青くて大きな鳥……シームルグはキュルルルルウと嬉しそうに鳴きながら、育った精霊樹の真横に降り立った。

わたしはシームルグに駆け寄り、くちばしに手を伸ばす。

シームルグもわたしの手にくちばしを寄せる。

（どうしたの？）

念話を使って問いかければ、シームルグは楽しそうな声で答えた。

（眩しいから何事かと思って来てみれば、精霊樹が育っているようじゃないか。しかも、見知った精霊がいるようだしねえ）

シームルグはわたしから離れると、グロスターへ近づいた。

「あれ？　シームルグじゃん！　久しぶり〜元気してた？」

グロスターは先ほどまでとはまったく違う砕けた口調でシームルグに話しかけた。

それに驚いていると、グロスターが「しまった……！」と言って手で口をふさいだ。

「あれがあやつの素の姿だ。先ほどまでは猫を被っておっただけだ」

精霊姿のエレが笑いを堪えながら、そうつぶやいた。

「もう！　せっかく、いい子のふりしてチェルシー様に気に入られようと思ってたのに、シームルグのせいでバレちゃったじゃん！　責任取ってよね！」

グロスターは子どものように頬を膨らませると、指をパチンと鳴らした。

すると音がしなくなり、わたしと精霊姿のエレ、シームルグ以外の人たちの動きが止まった。

シームルグは驚いてキョロキョロとしている。

ロイズ様と火の精霊であるリーンが契約するときも同じ状況になったのを思い出した。

「精霊と契約するときは、時間が止まるんだよ」

わたしがそう言うとシームルグは納得したらしく、大人しくなった。

精霊王であるエレと契約者であるわたしがグロスターとシームルグの様子を見つめる。

「はい、手っていうか足を出して」

シームルグはグロスターに言われるがまま、右足を出した。

「僕は土を司る精霊、グロスター。ここに君と契約を交わすよ！」

グロスターがそう告げると、シームルグの足の爪の一本が黒から黄色く染まった。

シームルグは驚きすぎて、くちばしがぱかっと開いたままになっている。

「はい、契約完了」

グロスターはそう言うと、もう一度、指をパチンと鳴らして、地面に溶けるようにして消えた。

音が戻り、周囲の人たちが動いているのを感じた。

「契約は完了した。名を呼んで、呼び出し………呼べるのか？」

精霊姿のエレがシームルグに向かってそう言いつつ、首を傾げた。

シームルグも困ったように首を傾げる。

どうしよう？　とでも言いたげな表情で、わたしの頭の上にくちばしを置いた。

（試しに呼んでみたら？）

念話でそう伝えると、シームルグは「キュルッ」と短く鳴いた。

すると地面からじわぁと溶けたものが集まり出すようにして、くすんだ黄色のたてがみをした大きな馬が現れた。

『はいはーい』

大きな馬からグロスターの声が聞こえる。

「鳴き声でも呼べるのだな……」

馬姿のグロスターを見て、エレがしみじみとつぶやいた。


それからしばらくして、リリレイナ様を乗せた馬車が到着した。

転がるようにして降りてきたリリレイナ様は、育った精霊樹と馬姿のグロスター、それから霊鳥であるシームルグを見て、動きを止めた。

「首都に戻る途中、光の柱が見えたもので、ここまで来たのですが……」

だんだん声がしりすぼみになっていくリリレイナ様は、視線を彷徨(さまよ)わせて戸惑っているように見える。

「光の柱は精霊樹が育つときに放ったものです」

そう告げたけれど、リリレイナ様の戸惑いは変わらない。

「はっきり言って頭が追い付きません。ひとつひとつ教えていただいてもよろしいでしょうか!?」

コクコクと頷いたあと、説明を始めた。

「まずはそうだな、精霊樹の幼木が早く土壌の魔力枯渇をなんとかしろと言うのでな、チェルシー様に種を蒔いてもらった」

「種を蒔いたら、土壌の魔力が足りたみたいなのよ〜。そのあとすぐに、光りながら育ったのよ〜」

精霊姿のエレとミカさんの言葉に、リリレイナ様はぽかんとした表情をしている。

「精霊樹が育ったら土の精霊グロスターが現れて……。さらに光に驚いたシームルグがやってきたんです」

わたしがそう付け足すと、「キュルルルルウ！　キュルルルルッ」とシームルグが鳴いた。

『驚いたんじゃない。確認しに来たんだってさ』

シームルグの言葉をグロスターが訳してくれたけれど、この場だとわたしとグレン様とエレにしか聞こえない。

「グロスターの声は普通の人には馬のいななきにしか聞こえないよ」

そう言うと、馬姿のグロスターは口をパカッと開けて……人の姿であれば、ハッとしたような表情になって、その場で足踏みを繰り返した。

すると徐々に馬の姿から人に近い精霊の姿へと変わっていく。

先ほどとは違って半透明ではない姿のため、顔の輪郭がはっきり見える。

わたしよりも背が低い男の子のふわふわのくすんだ黄色い髪が風になびいた。

「よく見れば、すっごい美少年なのよ〜」

ミカさんの言葉に、わたしはうんうんと頷いた。

精霊を統べる王であるエレも火の精霊であるリーンも言葉にできないくらいきれいで美しい。

土の精霊であるグロスターと伝達の精霊ルートは、どちらかといえば、かわいいほうなんじゃないかな？

「契約者がシームルグだから、こっちの姿のほうが良さそうだね」

人に近い精霊姿に変わったグロスターがそう言うとにっこり微笑んだ。

その姿を見て、リリレイナ様が口元に両手を当てて、顔を赤くした。

「こ、こ、こちらの方はどなたさまでしょうか!?」

リリレイナ様が声を上ずらせながら、尋ねてくる。

状況を説明しただけで、紹介はしていなかった。

そう思って、グロスターへ視線を向けると、顎に手を当てて少し悩んでいる様子。

どうしようか迷っていたら、グロスターの表情が困惑したものへと変わった。

「この人、誰ですか？」

そして、出会ったときのような口調で問い返してきた。

「失礼いたしました。私はマーテック共和国の総代表リリレイナと申します」

リリレイナ様はそう言うと両手を上げて、歓迎を表した。

それを聞いたグロスターは、突然、花がほころぶような笑みを浮かべた。

「こんなかわいらしい人が総代表だなんて、驚きました」

グロスターがそう言うと、精霊姿のエレがまたしても変な表情になった。

たぶん、グロスターはリリレイナ様に気に入られるために、猫を被ることにしたのだろう……。

リリレイナ様はグロスターの笑みを見て、さらに顔を赤くして、とても嬉しそうというか、とろけそうな表情をしている。

「どうやら、リリレイナ殿はグロスターに惚(ほ)れたようだ」

隣に立っているグレン様が小さな声でそう告げた。

惚れると人はこんなにも態度に出てしまうものなんだ……!?

驚いていると、反対側に立っているミカさんが小声でつぶやいた。

「チェルシーちゃんも殿下を見つめているときどきああいう表情になっているのよ～?」

「……!?」

ミカさんの言葉にわたしは慌てて、口を押さえた。

頬が緩んでいたり、顔を赤くしていたり……という自覚はあったけれど、あんな風にとろけるような顔になっていたなんて、すごく恥ずかしい……!

自分のことのように照れながら、リリレイナ様とグロスターを見つめる。

「僕は土の精霊グロスターっていいます。さっき、霊鳥シームルグと契約を交わしたので、ずっとこの国にいます。よろしくお願いします」

グロスターがそう挨拶するとリリレイナ様は、ピタッと動きを止めた。

それから葛藤するように悩んだあと、表情を変えて告げた。

「土の精霊様、お願いがあります。マーテック共和国は現在、魔力枯渇により大地が枯れております。どうか、大地を豊かに……いえ、せめて元の状態に戻していただけませんか？」

リリレイナ様の表情は、恋する女性のものではなく、国の代表としての顔に変わっている。

グロスターが土の精霊だと知り、大地を豊かにしたいという気持ちのほうが勝ったのだろう。

問われたグロスターは、う～んと悩み出す。

「もしや、すでにマーテック共和国の大地は元の状態に戻ることもできないのでしょうか？」

リリレイナ様が恐る恐ると尋ねると、グロスターは首を横に振った。

「僕が何もしなくても数年経てば、元の状態には戻ります。もっと早く大地を元の状態に戻したいのであれば、まずは魔力枯渇を解消しなきゃいけなくて……」

グロスターはそう言うと、申し訳なさそうな表情をしながら、わたしに視線を向けた。

「魔力枯渇が解消されないと、僕が大地というか、土に栄養を与えても植物は育たないんです。だから、まずはチェルシー様に種を蒔いてもらって魔力枯渇を解消してもらう必要があるんです」

「チェルシー様……！」

リリレイナ様がすごい勢いでわたしの前に立った。

「どうか、マーテック共和国の枯れた大地を元に戻す手伝いをしていただけませんか!?」

数日前にも同じようなことを言われた。

それを思い出しながら、わたしは頷く。

「わかりました」

あのときと同じように答えれば、リリレイナ様はホッとしたような表情になった。


リリレイナ様は、精霊樹のことや土の精霊グロスターが現れたこと、グロスターが霊鳥シームルグと契約したことなどを代表団に報告するため、一旦首都のお城へと戻った。

その間にわたしたちは、具体的にどうやって魔力枯渇を解消するかについて話し合うことになったのだけれど……。

現れたばかりのグロスターが精霊樹から離れられないということで、この場で話し合いをすることに……。

でも、この場所には椅子がなく、みんなずっと立ったままの状態になっている。

できれば座って話がしたいということで、食卓セットの種を生み出すことにした。

「椅子の数が多い食卓セットの種を生み出します――【種子生成】」

ぽんっと軽い音がして、わたしの手のひらにコインの形をした種が現れた。

表面にはテーブルの絵が、裏面には椅子が十脚描かれた種を、精霊樹から少し離れた場所に植える。

すぐに芽が出て、わたしの背よりも大きく育ち、テーブルと椅子の形をした実が生る。

それを見て、精霊姿のエレとグロスターが驚いていた。

「何これ!?　こんなの初めて見たよ！」

「我も数えられぬほど生きているが、こんなものは初めて見た」

グレン様やミカさんたちは、すでにシームルグの洞窟で食卓セットの種を蒔くところを見せていたので、驚くことはなかった。

むしろ、エレとグロスターの反応を見て、わかるとでも言うように頷いていた。

護衛の騎士たちに手伝ってもらって、テーブルと椅子の形をした実を取ってもらい、並べる。

みんなで椅子に座り、話し合いを始めることにした。

「魔力枯渇の解消とは、どの程度、土地に魔力があればいい状態なんだ？」

まずはグレン様がグロスターに向かってそう尋ねる。

「とりあえず、魔力不足くらいまで戻ってればなんとかするよ」

グロスターはリリレイナ様がいないのもあって、素の状態の言葉遣いで話す。

「魔力枯渇とは、人で言うところの死に等しい状態で、魔力不足とは、昏倒する状態……つまり、睡眠で回復する状態を指す」

精霊姿のエレがグロスターの言葉を補うようにして告げた。

「今は、回復できないくらいひどい状態なんだね」

まるでロイズ様が罹っていた魔力欠乏症みたいな状態なのだと理解して頷いた。

「先ほど精霊樹の周りに蒔いた種の量で、このあたり一帯の状態異常は、魔力枯渇から表示なしに変わった。つまり、魔力不足どころか、潤沢になったらしい」

グレン様は顎に手を当て、考えながら話を続ける。

「おそらくだけど、グロスターの望んでいる国中の状態異常を魔力枯渇から魔力不足にするには、チェルシーの魔力量で五日分、種を生み出せばいけると思う」

ブルーリリィを生み出したときは、ひと粒ずつ生み出していたので、大変だった……。

今は、種を一度にたくさん生み出すことができるようになったので、魔力の使いすぎにさえ気をつければ、特に問題はない。

「なんとかなりそうですね」

わたしが微笑みながらそう言うと、グロスターの隣でずっと話を聞いていたシームルグが鳴いた。

「キュルルルルウ？　キュルルルルウ」

何と言ったのだろうと思って、グロスターに視線を向けると、クスッと笑った。

「空から蒔いたほうが早いだろう？　手伝ってあげるよ……だって」

「いいの？」

首を傾げると、シームルグはわたしの頭の上にくちばしを乗せた。

念話で話したいのだと思って、こちらから再度、（いいの？）と尋ねる。

（子どもは遠慮するもんじゃない。それに私が手伝えば、一日もかからずに種を蒔き終わるんだ。最高じゃないかい？）

シームルグの背に乗って、マーテック共和国のあちこちを飛んだけれど、数刻もかからなかった。

（たしかに飛んでもらったほうが早いね）

わたしが納得してそう言うと、シームルグは嬉しそうに鳴きながら離れた。

そして、グロスターの隣に戻る。

「では、シームルグにも手伝ってもらうということで」

グレン様がそう告げると、シームルグが頷く。

こうして、シームルグの協力のもと、わたしはマーテック共和国中に土壌改良の種を蒔くことになった。

＋＋＋

あれから六日が経った。

土壌改良の種を国中に蒔くと決めた日、わたしはすでに大半の魔力を使い切っていた。

そのため、翌日から毎日、グレン様に魔力量を確認してもらいながら、倒れるぎりぎりまで土壌改良の種を生み出すことになった。

結果として、わたしが隠れられるほどの大きな旅行カバンがいっぱいになるくらいの量の種を生み出した。

旅行カバンに詰め込んだ種は、精霊界にある保管庫に預けてある。

その状態で、首都の南にある精霊樹のもとに現れた霊鳥シームルグの背に、グレン様とともに乗った。

乗ってすぐ、二人と一羽で会話ができるように念話を使っておく。

それに気がついたシームルグが頭の中でつぶやいた。

(一応、確認しようかね)

わたしとグレン様はお互いに頷き合う。

(私は精霊樹を中心にして渦を巻くように外へ飛べばいいんだね)

(俺はチェルシーが落ちないようにしっかり支える)

(わたしはとにかく種を蒔きます)

二人と一羽で確認し合うと自然と笑みが漏れた。

(じゃあ、出発しようかね)

シームルグはそう言うと、羽をはばたかせて大空へと飛んだ。

上空から見る景色は、以前とあまり変わらず、どこもかしこも緑がない。

魔力研究所がなくなったからといって、すぐには魔力枯渇が解消されるわけではないのだと、改めてよくわかった。

(そろそろいいんじゃないかね？)

ある程度の高さまで飛ぶと、シームルグがつぶやいた。

(では蒔きますね)

わたしは告げると、左手首につけている精霊樹の枝でできたブレスレットに向かって、土壌改良の種が入ったカバンを返してほしいと願う。

すると、持ち手が二つある大きな旅行カバンが目の前に現れた。

蓋を開けて、カバンの中に両手を入れ、すくうようにして土壌改良の種を取り出した。

取り出しただけで、種が風に巻き込まれて飛んでいく。

なるべくグレン様やシームルグにかからないようにしながら、両手を開き、種を落とした。

種が地面に落ちるとすぐに芽吹いて、葉が広がっていく。

空から蒔くとバラバラになるため、まるで降り始めた雨のようにあちこちに丸い緑色のカーペットが見えた。

それからすぐに葉が枯れる。

きっと、根に溜まった魔力が土に吸収されているのだろう。

そう思った直後、その場所がまた緑色になった。

(え？)

驚いていると、地面の様子を見ていたシームルグが楽しそうに笑った。

（おやおや、眠っていた植物が元気になったのかねえ。こりゃまたすごいねえ）

わたしが生み出した土壌改良の種は、魔力枯渇が解消されるものであって、植物が育つ効果はなかったはず。

突然、植物が生えたのだとしたら、グロスターが土の精霊の力を使ったとしか思えない。

（もしかして、グロスターが術を掛けたのでしょうか？）

（どうだろうねえ）

わたしの言葉に、シームルグは曖昧な返事をした。

そんな会話をしつつも、さらに種を蒔いていく。

グレン様は何も言わずに、じっと地面の様子を見つめていた。


それから三刻ほどかけて、種を蒔き続けた。

結果として、マーテック共和国の魔力枯渇のせいで枯れていた大地は、一面緑が生い茂る大地へと変わっていた。

よく見れば、枯れていた樹木も葉が茂っている。

（すごい……）

わたしのつぶやきにシームルグが笑い声を上げた。

（すごいってこれはチェルシーがやったことだろうに）

（わたしは種を蒔いただけで、緑生い茂る大地に変えたのは、グロスターだから……）

（チェルシーが魔力枯渇を解消しなきゃ、大地を豊かにすることはできないって言ってただろう？　もっと自信を持ちな）

言われてみれば、そうかもしれない？

なんだか不思議な気持ちのまま、わたしたちは精霊樹のもとへと戻ることになった。

10. と豊穣の聖女

I'll Never Go Back to Bygone Days!

土壌改良の種を蒔き終えて、首都の南にある精霊樹のもとへと戻った。

グレン様に手伝ってもらいつつ、シームルグの背中から降りる。

すると留守番をしていたミカさんが手を振った。

「ただいまです」

そう言うと、ミカさんがにっこりと微笑む。

「おかえりなさいなのよ～」

ミカさんはそう答えると、わたしに近づいてきて、風で少しぼさぼさになっていた髪をアイテムボックスから取り出したブラシで整えてくれる。

「ありがとうございます」

「ミカはチェルシーちゃんの専属料理人兼メイドだから、これくらい当たり前なのよ～」

ミカさんはふふんと胸を張りながらそう答えた。

そんなミカさんの肩には、猫姿のエレが乗っている。

「あれ？　精霊姿はやめたの？」

ほうが落ち着く……。

『こちらのほうが落ち着くのでな』

猫姿のエレはそう言うと、ミカさんの肩からわたしの肩へと飛び移った。

エレが精霊姿になるときは、だいたい戦っているときなので、わたしとしても猫姿でいてくれるほうが落ち着く……。

グロスターは精霊樹のそばで、人に近い精霊姿のまま、嬉しそうな表情で言った。

「精霊樹の上から見てたけど、すごい勢いで緑になったね」

「グロスターの力はすごいんだね」

なんだか他人事のような言葉だと思いつつもそう返すと、グロスターが首を横に振った。

「僕は何もしてないよ」

「え？」

土壌改良の種が枯れたところから、植物が育っていくのをシームルグの背から見た。

あれはグロスターの力じゃないの？

わたしが首を傾げると、グロスターも同じように首を傾げた。

「僕は土の精霊であって、植物の精霊じゃないよ」

土の精霊だと名乗っていたので、植物の精霊でないことはわかるのだけれど……どういうこと？

またしても首を傾げると、グロスターが瞬きを繰り返した。

「土の精霊は地形を変えたり、土に栄養を与えたり……あとは金属や鉱石、宝石を自在に生み出したりできるだけなんだよ」

『植物を成長させるのは、植物の精霊の領分だからな』

わたしの肩に乗っている猫姿のエレが、グロスターの言葉に付け足した。

「でも、葉が枯れたあと、すぐに草が生えたし、枯れ木も元気になったし……」

シームルグの背から見た草や木の様子を伝えると、グロスターは微笑んだ。

「そもそも僕は精霊樹のそばで留守番していたんだよ？　どうやったら、そんな遠くの見えない場所にある草や木を育てられるの？」

グロスターならできると思っていたのだけれど、そうではなかったらしい……。

「植物が一気に育ったのは、チェルシー様が生み出した土壌改良の種の効果なんだよ」

「今まで生み出してきた他の種ではそういう効果はなかったけど、今回はマーテック共和国の大地を豊かにしたいという願いから生み出した種だから……。結局はチェルシーの願ったとおりの種になったということか」

わたしの隣に立っているグレン様が口元に手を当てて、そんなことをつぶやいた。

「ホントは、魔力枯渇状態が解除されたら、馬姿で国中を走り回って、土地に栄養を与えようかなって思ってたんだよね。すごく地味な作業でやりたくなかったから、助かったよ！」

グロスターはそう言ったあと、パッと花が開いたような笑みを浮かべた。

そんな話をしていたら、馬車が停まる音が聞こえた。

現れたのはリリレイナ様で、馬車を降りるとバタバタとすごい勢いで走ってくる。

その背後を歩く側近のエルフ族の男性が走らないように注意しているけれど、おかまいなしのようだ。

「霊鳥様が降り立つのが物見の塔から見えましたので、お伺いしました！」

今回、シームルグは姿を消さずに空を飛び回ったので、精霊樹のそばに降りるのも見えたらしい。

「チェルシー様、土の精霊様、霊鳥様！　国を救ってくださりありがとうございます！」

リリレイナ様はわたしたちの前まで来ると、両手を上げ、お礼を言った。

それにシームルグが「キュイイイ」と嫌そうに鳴いた。

「シームルグが私は空の散歩を楽しんだだけだから、関係ないと言ってます」

グロスターが丁寧な口調でそう答えた。

リリレイナ様の前だから、猫を被（かぶ）った口調なんだね……。

「あと、僕は何もしてません」

「え？」

さらにグロスターがそう告げると、リリレイナ様が首を傾げた。

「僕は土の精霊で……」

そこから、グロスターは土の精霊であって、植物の精霊ではないから、すぐに植物を育てることはできないことなど、先ほど話していたことを詳しく説明した。

説明が終わるとリリレイナ様はじっとわたしの顔を見つめてくる。

「……つまり、今回の偉業はすべて、チェルシー様がしたこと……という認識で間違いないでしょうか？」

その場にいた、わたし以外の人たちが頷く。

『豊穣の聖女』って呼ぶべき大偉業です」

さらにグロスターがにっこり微笑みながらそんなことを言うと、リリレイナ様が叫んだ。

「私たちは聖女の誕生を目にしたというのですか⁉　これはすごいことです！　すぐにでも祝賀パーティを開かないと……！」

そして、来たときと同じくバタバタと走って馬車に乗り込み、首都へと戻っていった。

リリレイナ様の様子に啞然としていると、ミカさんが首を傾げた。

「聖女の誕生って何のことなのよ～？」

「何のことでしょう？」

わたしにもわからなかったため、一緒に首を傾げる。

すると、グレン様がハッとした表情になり、わたしの頭上をじっと見つめた。

「チェルシーに二つ名として『豊穣の聖女』というものがついている」

「二つ名……？　称号とは違うものですか？」

そう尋ねると、グレン様が頷いた。

「称号は職業のひとつになって、何かしらの効果を得るんだ。たとえば、チェルシーだったら、『精霊王の契約者』という称号を持っていて、エレの位置がわかったりする」

たしかに、どれだけ離れていても、エレがどの方向にいるかは感覚としてわかる。

そういえば、ラデュエル帝国で『ラデュエル帝国の恩人』という称号をもらった結果、獣族しか読めない本が読めるようになったんだった。

「二つ名というのは第二の名前になって、特に効果はないんだけど……王族のようにえらい人扱いになって、名乗ったら人に囲まれる場合はあるかな……」

人に囲まれるというのは、夜会などで貴族に囲まれて話をするようなものかな？

よくわからないまま、わたしたちはお城へと戻った。

＋＋＋

翌朝、お城の客室で昨日まで世話してくれていた人とは違うエルフ族のメイドに起こされた。

「豊穣の聖女様、おはようございます。お召し替えお手伝いいたします」

そのエルフ族のメイドは、クロノワイズ王国のメイド長のようにきびきびした動きをしている。

もしかしたら、マーテック共和国のお城のメイド長かもしれない。

わたしは言われるがまま、朝の支度を済ませ、簡単な朝食を食べた。

そして、エルフ族のメイドが持ってきたドレスに着替えた。

朝からワンピースではなくドレスの時点で、このあと何かあるのだと予想がついた。

「このあとですが、今後の予定について話をするために、応接室へ案内させていただきます」

エルフ族のメイドの言葉にコクリと頷いたあと、すぐに応接室へ移動することになった。


廊下を歩いているとあちこちから人が現れて、わたしに深く頭を下げてくる。

今までは客室から応接室へ移動するまでのあいだに出会うのは、巡回している兵士や護衛として立っている兵士ばかりで、メイドすら見かけなかったのに……。

不思議に思いつつ、応接室へと到着した。

扉を開けるとそこには、総代表のリリレイナ様だけでなく代表団の人たちが窓を隠す勢いでたくさんいた。

反対側のソファーには、グレン様が座り、その背後にはミカさんと護衛の騎士たちが立っている。

人数的にマーテック共和国の人が多すぎる気がする……。

「失礼いたします。豊穣の聖女様をお連れいたしました」

エルフ族のメイドはそう言うと、わたしをグレン様の隣に案内してくれた。

軽く会釈をしたあと、ソファーに腰掛ける。

するとグレン様がさっと、わたしの腰に手を回した。

驚いて視線を向けると、他の人には聞こえないくらいの小さな声でつぶやいた。

「……念話……」

わたしは動揺を顔に出さないように気をつけながら、グレン様に念話を使う。

(おはようございます。グレン様)

(おはよう、チェルシー。昨日はよく眠れた?)

(はい。ぐっすり眠れました)

いつもと同じようにそう答えたら、グレン様の表情がやわらいだ。

「昨日は、マーテック共和国を救ってくださり、ありがとうございました」

リリレイナ様が立ち上がってそう言ったあと、すごい勢いで両手を上げた。

背後に立っていた代表団の人たちもいっせいに両手を上げる。

これってマーテック共和国の挨拶だと思っていたんだけど、お礼を告げるときにもするんだ。

そんなことを思っていたら、グレン様が笑いを堪えるようにして反対の手を口に当てた。

(念話を使ったままでした……)

どうやらわたしが思ったことをそのままグレン様に伝えてしまったらしい。

それが面白かったらしく、グレン様は笑いを堪えているようだ。

(チェルシーってそんなことを考えていたんだね。新たな一面が見られて嬉しいよ)

「さて、今後の予定なのですが……初日からのやり直しをさせていただきたい」

リリレイナ様の言葉に、わたしは軽く首を傾げた。

「どういうことかな？」

グレン様がそう尋ねると、リリレイナ様が姿勢を正した。

「はっきり申しましょう。本来であれば、初日に精霊樹を挿し木した記念と歓迎を兼ねた祝賀パーティを行う予定でした」

（そういえば、到着してすぐに旅装のまま精霊樹を挿し木しに向かったんだっけ……）

（盛大な祝賀パーティをするって言ってたね）

またしても思ったことを念話で伝えてしまったらしい。

開き直って、このままグレン様と念話をしながら、話を聞くことにしよう。

「歓迎のパーティ、挿し木した記念パーティ、霊鳥様が現れた記念パーティ、チェルシー様が救出された記念パーティ、魔力枯渇の原因を取り去った記念パーティ、土地が豊かになった記念パーティ、聖女が誕生した記念パーティ、見送りのパーティ……我々は本来たくさんパーティを行うはずだったのです……」

リリレイナ様は悔しそうな表情をしつつそう告げた。

（もしかして、マーテック共和国の人たちはパーティが好きなんでしょうか？）

（そんな雰囲気だね。リリレイナ様の後ろにいる代表団たちもなんだか、残念そうな顔をしてるね）

ちらりと視線を向ければ、たしかに代表団の人たちは悲しそうな顔をしているように見える。

「そこで私はまとめてしまえばと提案したのですが……」

「いや、まとめたら一回で終わってしまうではないか」

「本来はもっとたくさん行うはずだったろう」

「せめて数日間に分けてでも……」

リリレイナ様の言葉に代表団の人たちから、否定的な言葉が飛んだ。

「このような感じで意見がまとまらないのです。どうすればいいかと悩んだ結果……クロノワイズ王国のみなさんに回数を決めていただこうということになりました」

そう言った途端、代表団の人たちの目がぎらぎらし始めた。

(どうしたらいいんでしょうか?)

グレン様に視線を送りながら、そう尋ねると考え込むように顎に手を当てた。

「そもそもだけど、すでに当初の滞在予定日数を超えているので、パーティをせずに出発ということも……」

グレン様が言い終わらないうちに代表団の一人……ドワーフ族の男性がガクリと膝をつき、泣き出した。

「パーティがなくなるなんて……酒が飲めないじゃないか」

(あ、そういえば、三種族ともお酒が好きでしたね)

（酒好きのパーティということは深夜遅くどころか明け方まで飲む可能性もある。チェルシーは未成年だから、飲まされることはないだろうけど……）

一度もパーティを行わないということは頭になかったようで、リリレイナ様も含めた代表団の人たちは顔を青くした。

「せ、せめて一回だけでも……」

リリレイナ様の言葉に、代表団の人たちが何度も頷く。

「みんなどうかな？」

グレン様はそう言うとわたしや背後に立つミカさん、護衛騎士たちに視線を向けた。

全員が頷くのを見て、グレン様がクスッと笑った。

「チェルシーはどうかな？」

つづいてわたしにも問いかけてくる。

（チェルシーはお酒も飲めないし、パーティをしたくないって言ってもいいんだよ）

グレン様が念話でそう告げてくる。

わたしはにっこり微笑みながら言った。

「マーテック共和国のパーティがどういったものなのか知りたいので、一回は参加してみたいです」

その言葉だけで、代表団の人たちから安堵のため息が出た。

「では、一度だけ参加しよう」

グレン様がそう告げると、リリレイナ様が了承の返事をくれた。


そして、その日の夜、いろいろなお祝いを全部まとめた盛大な祝賀パーティが行われた。

わたしは未成年なのでお酒を飲めないけれど、他のみんなは成人済みなので、ほどほどにお酒を飲んでいた。

あとで聞いた話では、マーテック共和国のお酒はクロノワイズ王国のものより、とても品質がいいらしい。

ドワーフ族とエルフ族が共同で造っているのだとか……。

わたしが成人したら、ひとくちだけでいいので飲ませてもらおう。

エピローグ

祝賀パーティの翌日、わたしたちは帰国準備のために走り回っていた。

ミカさんは猫姿のエレと一緒に食材の買い出しへ行き、わたしはグレン様とお土産を買ったあと、精霊樹のもとへ向かうことになっている。

「明日には出発だから、買い忘れのないようにね」

「はい」

そんな話をしながら、お店がたくさん並んでいる通りの近くで馬車を降りた。

どのお店もレンガで作られていて、趣向を凝らした大きな看板をつけている。

アクセサリーや小物を売っているお店で、スカーフや髪留め、紐飾り（ひも）などをたくさん買った。

次に本屋さんへ行き、クロノワイズ王国には置いていない植物図鑑と料理の本、それからスキルの研究に役立ちそうな本を買った。

お店を出たところで、ドワーフ族の小さな女の子とぶつかってしまった。

「ごめんなさい」

お互いに謝ったあと、その場を離れたのだけれど、なぜか周囲の視線が集まるようになった。

グレン様と手をつなぎ、念話を使って話しかける。

（急に視線が……）

（悪意はないね。むしろ、好意的というか、好奇心とか興味、羨望といった感じかな）

グレン様も視線に気づいていたようでちらっと周囲の人を見ていた。

二人で首を傾げていたら、近くのドーナツ屋から紙袋を抱えた店員さんがやってきた。

「霊鳥様の青い羽根をお持ちということは、あなたが豊穣の聖女様ですよね？　土地を蘇らせてくださり、ありがとうございます。こちら、揚げたてのドーナツです。みなさんで召し上がってください」

店員さんはそう言うとぐいっと紙袋を押し付けてくる。

ハッとして胸元を見れば、上着で隠していたはずのシームルグの青い羽根が見えていた。

どうやら女の子とぶつかった拍子に上着がめくれてしまったらしい。

慌てて隠したのだけれど、すでに遅かった……。

「やっぱり、豊穣の聖女様だったんだ！　霊鳥様の青い羽根が見えたから、そうじゃないかと思ってたんだ！　お近づきの印にクッキーをどうぞ！」

「豊穣の聖女様のおかげで枯れていたリンゴ畑の木々が元気になったんです！　本当にありがとうございました！　これ、よかったら……リンゴジャムです！」

「霊鳥様に選ばれるような子どもが国を救ってくれたなんて……こっちの肉串を持っていってく

れ」

善意の気持ちで渡されるため、断ることもできず……気づけば両手いっぱいに食べ物の入った袋を抱えていた。

「これ以上は食べきれないので、ごめんなさい……」

そう謝ると、周囲にいた人たちは「しかたないね」と言って離れていった。

ホッとしている間に、持っていた袋の大半をグレン様が持ってくれた。

「ちょうどお土産は買い終わったし、これを持って精霊樹まで移動しようか」

すぐに頷き、通りの近くに待たせている馬車へと戻った。

馬車に戻ると、グレン様が難しい表情をしながら言った。

「チェルシーが食べ物を受け取っているあいだに、周りの会話を聞いていたんだけど、どうやら薄桃色の髪の人族でシームルグの青い羽根を持っている少女が豊穣の聖女だって、告知があったみたいなんだ」

昨日の祝賀パーティでも、わたしはクロノワイズ王国の特別研究員であると同時に豊穣の聖女だという紹介をされた。

告知があったということは、マーテック共和国中の人に知れ渡ったということで……。

「それって、どこにいても豊穣の聖女って呼ばれるのでしょうか?」

どこに行ってもさきほどのように囲まれて、食べ物を渡されるのだろうか……。

少し不安になりながらつぶやけば、グレン様がぽんぽんと背中を撫でた。

「シームルグの青い羽根を持っているのが条件みたいだから、隠しておけば大丈夫だよ」

グレン様の言葉にコクリと頷いた。


しばらくして、首都の南にある精霊樹の近くに着いた。

馬車を降りたところで、精霊樹が金属の壁に囲まれていることに気がついた。

近づけば、周囲にはマーテック共和国の兵士が立っている。

わたしを見た途端、恭しく頭を下げて、金属の壁を通るための門へと案内してくれた。

門をくぐると四方に杭を打った場所の中心に精霊樹が植わっている。

そのそばには、人に近い精霊姿のグロスターが椅子に腰かけていた。

「いらっしゃい」

グロスターはにっこり微笑むとわたしとグレン様に手を振った。

「周りの壁、どうしたんですか？」

昨日まではなかったものなので、気になって確認するとグロスターが微妙な表情になった。

「そろそろ精霊樹をわがものにしようとか考えるアホが出てくるころかなーと思って、入りにくくするために鉄壁で覆って、兵士には見回りしてもらうことにしたんだ」

精霊樹を挿し木したときにも悪い人が現れたのだし、警備を増やすのは大事なことだろう。

グロスターの言葉に納得しているとグレン様が言った。

「そんなことだろうと思って、結界を張りに来たんだよ」

そういえば、最初から今日の予定の中に、精霊樹のもとに行くことになっていたけれど、理由は聞いていなかった。

グレン様は精霊樹に視線を向けたあと、つぶやいた。

「精霊樹を守る結界を張るよ……《結界(バリア)》」

わたしには見えないけれど、グロスターには結界が張られたのが見えたらしく、頬を上気させながら叫んだ。

「すっげー！　ここまで複雑で強固な結界なんて、初めて見たし！　しかも、精霊樹が成長したときのことを考えて、範囲広く張ってあるじゃん！　おまえマジでいいやつだな！」

グロスターはそう言うと、キラキラした目でグレン様を見つめた。


グレン様が結界を張ったあと、わたしたちはもらった食べ物を食べることにした。

以前わたしが生み出したテーブルにもらった食べ物を並べていく。

日持ちしそうな食べ物はすぐに精霊界にある保管庫へ預け、それ以外を並べたのだけれど……。

「前回よりも多いみたいだね……」

グレン様が苦笑いを浮かべながらそうつぶやいた。

「食べきれないので、今回も保管庫の精霊たちにおすそ分けしましょう」

「そうだね。それがいい」

グレン様の言葉に頷いていると、グロスターがテーブルの上をじっと見つめた。

「これ、僕も食べていい？」

「ぜひ食べてください。みなさんで召し上がってくださいって言われたので」

そう答えるとグロスターは喜び、手前に置いてあった肉串を取った。

グレン様はホットサンドを取り、わたしはサンドイッチを手に取った。

今食べる分を選んだあと、残りは保管庫の精霊たちにおすそ分けした。

「こっちの世界のごはん食べるのなんてどれくらいぶりだろう……何百年？　わかんないや」

グロスターはそう言いながら、肉串を頬張っている。

「……グロスターっていったい何歳なんですか……？」

そう問えば、こてんと首を傾げた。

「エレメント様の次に生まれた精霊だから、数えられないくらいの年齢だよ」

「精霊って外見と年齢が一致しないんですね……」

そう告げれば、グロスターは頷いた。

「精霊姿のほうは、一番力が発揮しやすい年齢で止まるんだ。仮の姿……僕だと馬の姿は契約者の魔力量によって変わるんだよ」

そういえば、出会ったころのエレは子猫姿だった。

それから徐々に育っていき、王都へ戻ったころには大人の猫へと変わっていた。

それって、わたしの魔力量と関係してたんだ！

そんな話を聞きながら、もらった食べ物を堪能した。


お腹いっぱいになったころ、左手首につけている精霊樹でできたブレスレットから、淡い光が飛び出して親指くらいの大きさの人の形へと変わった。

『チェルシー様、お久しぶり！　保管庫の精霊たちから、伝言だよ。料理たくさんありがとう、とてもおいしかったよ、だって』

伝達の精霊ルートはそう言うと、蝶々みたいな羽をゆっくりひらひらさせながら、わたしの手の甲に降り立つ。

「本当にお久しぶりだね」

そう答えると、ルートは両手を腰に当てて、頬を膨らませた。

『チェルシー様が呼んでくれないから、お久しぶりになったんだよ。ぼくからは用事がないとなかなかこっちの世界には来られないんだから』

ルートはそう言いながら、プンプンと怒った。

その姿がかわいらしくて、わたしは頬を緩める。

「ごめんなさい。次からはもう少し頻繁に呼ぶようにするね」

『いっぱい呼んでね！』

ルートはそう言うとわたしたちの周囲をくるくると飛んだ。

「小さき精霊、もしかして、チェルシー様と契約してるのか？」

『うん！　契約だけじゃなくて、ルートという名前ももらったんだよ。すごいでしょ』

「たしかにすごいし、いい名前じゃん！　大事にするんだぞ」

『うん！』

グロスターの言葉でルートの機嫌は直ったらしく、わたしの手の甲にもう一度降り立つと、ぎゅっと人差し指に抱き着いた。

『あ、チェルシー様、念話をいっぱい使ってるんだね。体になじんでるのが伝わってきたよ』

シームルグとグレン様にしか使ってないけど、回数は多いかもしれない。

『体になじむと、一度でも触れながら念話した人なら、触れなくても話せるようになるよ！　だから、いっぱい使ってね！』

ルートの言葉にわたしとグレン様は何度も瞬(まばた)きを繰り返した。

「どれくらい使ったら、触れなくても話せるようになるんだ？　あと、どのくらいの距離までなら話せるんだ？」

グレン様が食い気味でそう聞くと、ルートは腕を組んで悩んだあと答えた。
『うーん……わかんない。だから、試してみて！』

というわけで、まずは触れなくても話せるか試してみることになった。
グレン様とは、テーブルを挟んで向かい合わせに座っている。
「試します」
わたしはそう言ったあと、グレン様に心の中でささやく。
（聞こえますか？）
（聞こえた！）
グレン様が嬉しそうに微笑みながら答えた。
『もう触れてなくても話せるなんて、チェルシー様は念話をいっぱい使ったんだね！』
ルートは嬉しそうにそう言いながら、わたしたちの周囲をくるくると飛び回った。
「次はどのくらいの距離までなら……ですね。シームルグに話しかけてみます」
わたしはそう言ったあと、念話を使いながら心の中でシームルグに話しかけた。
（チェルシーです。念話で話しかけています。聞こえますか？）
突然、声が聞こえたら驚くと思ったので、名前も一緒に告げておいた。
しばらくしても、返事がないのでもう一度、話しかけてみる。

（念話をたくさん使うと、触れてなくても話ができるというので試しています。聞こえますか？）

（空耳かと思ったら、そうじゃなかったのかい。チェルシーが関わるとたまげてばっかりだねえ）

少し高めのシームルグの声が頭に響いた。

（どのくらいの距離まで話ができるか試していたんです。今どこにいるんですか？）

（洞窟で休んでたところだねえ）

それをグレン様に伝えると、とても驚いていた。

「とりあえず、だいたい馬で二日の距離まで大丈夫なことはわかったね。それ以上の距離は、今後確認してみよう」

グレン様はそう言うとハッとした表情になった。

「もしかして、触れずに二人と一羽で話すこともできるのかな？」

この間までは、グレン様とシームルグに触れた状態で二人と一羽で話をしていた。

それが、触れずにできるのであれば……！

「試してみます！」

わたしはすぐにグレン様とシームルグを想像しながら念話を使った。

（どうでしょうか？）

ドキドキしながらつぶやくと、向かいに座るグレン様が微笑んだ。

（聞こえるよ）

（おや、グレンの声も聞こえるのかい。チェルシーがすることは本当に面白いねえ）

そこからは、グロスターも交えて、念話で語り合った。


（そうだ、伝えなきゃいけないことがあったんです）

昨日の祝賀パーティのことや今日、町で豊穣の聖女と言われて囲まれた話をしたあと、わたしはそう切り出した。

（明日、わたしたちはここを出発します）

（え――、マジでー!?）

（おや、突然だねえ）

グロスターは叫び、シームルグはのんびり答えた。

（道中、ケガや病気に気をつけるんだよ。渡した羽根に魔除けの効果もつけておけばよかったかねえ。忘れ物はないかい？　しっかり確認するんだよ。それから……）

シームルグはだんだん早口になりながら、あれこれと心配してくる。

（チェルシー様いなくなっちゃうのー？　ヤダヤダヤダ！）

グロスターはその場で転がって、とても嫌がった。

対照的な二人の様子にわたしは、クスッと笑った。

（グロスターは精霊樹を使って、いつでも会いに来られるだろう？）

グレン様がそう言うと、グロスターは転がるのを止めて立ち上がった。

（そうだった！　シームルグも契約者だから精霊樹を通ってチェルシーたちが住む国に行けるよ！）

（おやまあ、そうなのかい。いつか行ってみたいねえ）

シームルグはそう言うと楽しそうな声で笑った。

（お別れを言いに来たつもりだったんですけど、会おうと思えばいつでも会えるんですね）

わたしがそう言うとグレン様がクスッと笑った。

（祝賀パーティが終わったあたりから、寂しそうにしてたもんね）

（隣の隣にある国にはそう簡単に行けないから、もしかしたらもう会えないのかと思ってました）

（何を言ってるんだい。チェルシーに渡した羽根を燃やせば、いつでも会えるじゃないかい）

（一度燃やしたら、この羽根、なくなっちゃうでしょう？）

上着で隠していた青い羽根にそっと触れながらそうつぶやくと、シームルグが笑い出した。

（何を言ってるんだい。そのへんの炎で私の羽根が燃え尽きるわけがないだろう。試しに羽根に火をつけてみな）

わたしはシームルグに言われるがまま、青い羽根に火をつけることにした。

胸元から青い羽根を取り、柄の部分を持つ。

ふわふわの羽根の先の部分に、グレン様に魔術で火をつけてもらうと、ちりっと少しだけ燃えたあと火が消えた。

その直後、わたしたちのすぐそばの空間がぐにゃりと曲がって、シームルグが現れた。

驚いていると、キュルキュルと楽しそうな鳴き声が聞こえてくる。

（燃やしたら私を呼び出せるっていうのも、グレンから聞いただろう。さて、チェルシーに渡した羽根はどうなったかね？）

すぐに持っていた羽根を見れば、燃えたあとなど一切なかった。

（グロスターとシームルグには会いたいときに会えるんだ……よかった）

ホッとしながらそうつぶやけば、シームルグがわたしの頭にくちばしを寄せた。

（チェルシーはそうだね、私の孫みたいなもんだ。いつでも心配してるし、いつでも頼っていいんだよ）

シームルグの言葉に心が温かくなった。

＋＋＋

翌日、わたしたちはまだ夜が明けたばかりの時間に馬車に乗って、マーテック共和国の首都を出発した。

豊穣の聖女の見送りなので、盛大に行いたいとリリレイナ様に言われたのだけれど、それは恥ずかしかったのでお断りした。

揺れる馬車から見える景色は、行きとは違って緑にあふれている。

行きの馬車でなんとかしたいと思っていたことが、結果として解決できたので、嬉しく思った。

『残るは水の精霊と風の精霊だな……』

猫姿のエレがぽつりとつぶやく。

「つまり、あと二国ということだね」

グレン様の言葉に、エレが頷く。

国をまたぐほどの距離に挿し木した精霊樹からでなければ、四大精霊は呼び出せない。

「どんな国か、今から楽しみです」

「帰ったら各国から返事が来ているといいね」

グレン様がそう言うと猫姿のエレがうーんと悩み始めた。

『色よい返事が来たとしても、挿し木用の枝ができるのには時間がかかる。しばらくは国でゆっくりすればよかろう』

「ゆっくりか……」

グレン様は口元に手を当てると視線をわたしに向けた。

「チェルシーは帰ったら何がしたい？」

「わたしはまずは……みんなにお土産を配りたいです」

「トリスは土産話を聞きたがっていたね」

「ジーナさんとマーサさんがチェルシーちゃんの帰りを楽しみにしてるのよ～」

「ここでマルクスの名前が出なかったと聞いたら、あとで泣くんじゃないか？」

「たしかに……」

「他には何がしたい？」

「あとはスキルの研究がしたいです。マーテック共和国に来てから、食べ物の詰まった実を生み出したり、一度に種をたくさん生み出すことができたりと、新たにわかったこともたくさんあるので」

拳をぎゅっと握ってそう答えると、グレン様とミカさんが微笑んだ。

「チェルシーちゃんはどんどん前に進んでいくから、一緒にいて楽しいのよ～」

「出会ったころよりいろいろな物事に意欲的で、ミカの言うとおり楽しいね」

「それは、一緒にいてくれるグレン様やミカさん、それからエレのおかげです」

『我はおまけか』

猫姿のエレが拗ねた声でそう言うので、撫でまわした。

番外編

I'll Never Go Back to Bygone Days! Extra Edition

1. 魔術を覚えよう

Extra Edition

マーテック共和国からクロノワイズ王国へ帰る馬車の中のこと。

「グレン様……わたしに魔術を教えていただけませんか？」

シームルグの洞窟にいたとき、食べ物にも寝る場所にも困らなかったのだけれど、唯一できないことがあった。

それを思い出したわたしは、グレン様にそう頼んでいた。

「いいよ。どんな魔術を覚えたいのかな？」

グレン様はそう即答すると、じっとわたしの顔を見つめながら、尋ねてきた。

「《清潔(クリーン)》の魔術を覚えたいのです」

そう告げると、グレン様は納得したように頷(うなず)いた。

「たしかに、あると便利だね。ではさっそくやってみようか」

グレン様はそう答えると、にっこりとした笑みを浮かべた。

あ、この笑い方は……礼儀作法の先生が、ビシバシ指導をする前に浮かべるものと同じだ……！

わたしは背筋を伸ばしたあと、何度もコクコクと頷いた。

「そんなに緊張しなくても、チェルシーならすぐにできるよ」

グレン様はそう言ったあと、魔術についての基礎知識を教えてくれた。

「まず魔術を使うには、何が必要かわかるかな？」

以前のわたしは魔力壺(つぼ)が小さく、魔力量が足りないため、魔術は使えないと言われていた。

それを思い出して答える。

「魔力でしょうか？」

「半分正解ってところかな。魔術には魔力と想像力が必要なんだ」

グレン様はそう言うと自分の頭をつんつんとつついた。

「《清潔(クリーン)》の魔術の場合、何をどれだけ、どのようにきれいにするか、しっかり頭の中で想像できなければ、発動しないんだ」

何をどれだけ、どのように……。

「お風呂に入って体を洗うような……そんな想像でしょうか？」

「そんな感じだね。しっかり想像ができていれば、あとは魔術名を唱えれば発動するよ」

わたしは言われたとおりに想像して、胸に手をかざして魔術を使った。

「……《清潔(クリーン)》」

魔術名を唱えると体が淡く光った。

目に見える汚れが体についていなかったため、成功したのかわからない。

どうやって判断すればいいのだろう？

首を傾(かし)げているとグレン様が微笑(ほほえ)んだ。

「《清潔(クリーン)》の魔術の場合、光ったら成功だよ」

グレン様の言葉にホッとする。

「すべての魔術に共通することだけど、何度も繰り返し使うことで、体になじんで簡単に発動できるようになるよ」

「では、たくさん練習しなくてはいけませんね」

わたしはそう話したあと、着ている服に対して魔術を使うことにした。

「……《清潔(クリーン)》」

初めて袖を通したときのようにシワひとつないきれいな服を思い出しつつ、洗濯とアイロンがけをするような想像をしながら唱える。

すると先ほどと同じように服が淡く光った。

ただし、きれいになったというより、新品のようになった。

「すごいね。俺がやってもここまできれいにはならないよ」

グレン様が驚きながら、そうつぶやく。

「そうなんですか？」

「試しにやってみるから、見ていて……《清潔(クリーン)》」

グレン様はそうつぶやくと着ていた服に魔術を掛けた。

淡く光ったので、魔術が成功したのだとわかるけれど、どこがどう変わったのかわからない。

「汚れは落ちているはずなんだけど、チェルシーみたいにはならないんだ。せっかくだから、俺の服に魔術を掛けてもらってもいいかな？」

「はい、わかりました……《清潔(クリーン)》」

グレン様の服に向かってそっと手をかざして、魔術を使う。

きっとこの服も初めて袖を通したときはシワひとつなかったに違いない。

そう思いつつ、しっかりきれいになるよう想像しながら魔術を掛ければ、淡く光ったあと、新品のようにきれいな服へと変わった。

「え？」

グレン様が掛けたときとわたしが掛けたときでこんなに違いが出るなんて……！

「ね？　これだけ違っていれば、俺が驚くのもわかるよね？」

コクコクと頷いていると、ずっとわたしとグレン様のやりとりを見つめるだけで、何も言わずにいたミカさんがつぶやいた。

「殿下は服の汚れが落ちることしか想像していないのよ～。チェルシーちゃんは汚れが落ちるだけ

でなく、見た目も気にして魔術を使ってるから、新品のようにきれいになるのよ～」

「そういえば、服のシワのことは気にしてなかったよ。だから、こんな違いが出るのか……」

グレン様は自分の服をじっと見つめて、頷いた。

「チェルシーちゃんは種を生み出すスキルのおかげで、想像力が鍛えられているのよ～。すごいことなのよ～」

ミカさんに褒められて、素直に嬉(うれ)しいと感じた。

「ついでに他の魔術も覚えてみるかい？」

「はい、ぜひ！」

王都に着くまでまだまだ時間があるため、その日から数日かけて、わたしは《火球(ファイアボール)》と《氷矢(アイスアロー)》の魔術を覚えた。

《火球(ファイアボール)》は野営のときの焚き火(たびび)に火をつけるときに使い、《氷矢(アイスアロー)》はコップに落ちるようにして、冷たい飲み物を飲むときに使っている。

どちらも攻撃に使う魔術だけれど、普段の生活にも使えるのだと知って、もっといろいろな魔術を学びたいと思った。

2. お礼の品

Extra Edition

魔術を教えてもらったお礼をしようと思ったのだけれど、グレン様は何を贈ったら喜ぶのかわからない。

宿泊地の町に立ち寄るたび、お礼の品を探したけれど、どれもピンとこない。

あれこれ悩んだ結果、わたしにできることでお礼をすることにした。

「魔術を教えていただいたお礼をしたいのですが……わたしにできることといえば、種を生み出すことだけなので、何か欲しい種はありませんか？」

そう告げると、グレン様はわたしの顔をじっと見つめた。

「お礼なんて気にしなくていいんだけどね。ただ、欲しいというか生み出してみたい種はあるから、それをお願いしようかな」

グレン様はそう言うと、アイテムボックスから一冊の絵本を取り出した。

「この絵本には、木の種を植えて育ったら、ツリーハウスを作りたいって夢見る男の子の話が描かれているんだ」

「ツリーハウスってなんでしょうか？」

どういったものかわからなかったので、そう尋ねるとグレン様は絵本を開いて見せてくれた。

「木の上にある小さな家というか隠れ家みたいなものだよ」

絵本を覗き込んでいると、馬車の向かいに座っているミカさんが身を乗り出した。

「この絵本知ってるのよ～。木の上なのにキッチンや煙突がついてて、とっても面白いのよ～！」

その言葉に釣られるようにして、猫姿のエレも絵本を覗き込んだ。

「チェルシーだったら、育つとツリーハウスになる木の種を生み出せるんじゃないかと思ってね。これを生み出してもらうってことでどうかな？」

「はい。設計図さえあれば」

ワクワクした気持ちになりながら、わたしは強く頷いた。

＋＋＋

それからすぐに、馬たちを休ませるための休憩地に着いた。

グレン様がアイテムボックスから紙とペンと先ほど見せてもらった絵本を取り出す。

「じゃあ、設計図を考えようか」

護衛の騎士たちに見守られながら、わたしとミカさんと精霊姿のエレ、グレン様の四人で設計図を考え始める。

エレもツリーハウスに興味があるようで、ミカさんにも言葉が通じるように精霊姿に戻って、話し合いに参加している。

「まずは木の高さだけど、絵本のように大きな木だと登るのが大変だから、あれくらいの高さでどうかな？」

グレン様はそう言うと、休憩地の近くの森を指した。

森の木々は王立研究所の三階くらいの高さがあり、幹が太く頑丈に見える。

「いいと思います」

わたしは頷きながら、設計図に『王立研究所の三階くらいの背丈』と書き込む。

「次はツリーハウスの高さなのよ～。地面から近いほうがいいか高いほうがいいか、迷うのよ～」

「あまり低いとツリーハウスの意味がなくなるであろう？」

ミカさんの言葉に精霊姿のエレがつぶやく。

「むしろ高いほうが、見晴らしがよく、楽しかろう」

「言われてみれば、そうなのよ～」

「では、木の高さの半分くらいの位置にするというのはどうでしょうか？」

わたしがそう言うと、みんなうんうんと頷いた。

「半分だと四メートルくらいか……梯子よりも階段にしたほうがいいね」

グレン様はわたしの知らない言葉をつぶやきつつ、設計図に『階段をつける』と書き込んだ。

「外見はどうするのよ～？」

「丸太を組んで作ったものだと重くなりそうですよね」

「であれば、板張りの家にすればよかろう」

精霊姿のエレがさらりとベッドが四つ入るくらいの大きさの板張りの家の絵を設計図に描き込んでいく。

その様子にわたしは口を開け、グレン様は何度も瞬（まばた）きを繰り返した。

「エレって絵が描けたんだ……」

わたしとグレン様は、絵を描くことがとてもうまくない……というか、下手で……。

この中では、ミカさんだけが上手に絵を描けると思っていたので、とても驚いた。

「長く生きていれば、たいていの物事はそれなりにできるようになるものだ」

「つまり、練習したってことか……見習わないとだね」

エレの言葉に、グレン様が苦笑いを浮かべつつ、そう言った。

「我の絵は見なくてよい。内装をどうするか、考えよ」

エレはわたしとグレン様に対して、手で追い払うような仕草をした。

不機嫌そうな表情だけれど、きっと照れているのだろう。

わたしはクスッと笑ったあと、絵本に視線を向けた。

「内装は……キッチンや煙突をつけますか？」

絵本に描かれている内装を告げると、グレン様が首を横に振った。

「まずはシンプルな……何もない部屋にしよう。初めから家具や装飾品に凝ると設計図に描き込むのも想像するのも大変だろうしね」

たしかに、設計図に描き込んだあと、頭の中で想像して種を生み出しているので、あまり凝ったものにすると想像しきれずに、苦労しそう……。

「あとはいつものように一代限りのものにすべきであろう」

「ついでに合図とともに朽ちるようにしておけば、野営のときのテントの代わりになるんじゃないかな？」

エレの言葉に頷いていたら、グレン様がそんなことを言い出した。

基本的には町や村の宿に泊まるのだけれど、ときどき町と町の距離が離れていたり、宿のない村があったりしたため、何度か野営を行っていた。

野営のときはテントを組み、その中で眠るのだけれど、寝心地はあまりよくない。

もし、ツリーハウスがテントの代わりになるのであれば、過ごしやすくなるかもしれない！

「それ、とてもいいですね！」

わたしが勢いよくそう言う横で、ミカさんが何度も頷き、尻尾をぶんぶん振っていた。

「書き込んでおくよ」

グレン様は笑いを堪えながら、設計図に書き込んだ。

「他には何かありますか？」

そう尋ねると、ずっとわたしたちの様子を見守っていた護衛の騎士の一人が、片手を挙げた。

「発言、よろしいでしょうか？」

普段は話の輪に入ってこない護衛の騎士が発言するなんて珍しい。

わたしは首を傾げ、グレン様は発言していいと許可を出した。

「野営のテント代わりにするのであれば、遠くの敵にいち早く気づけるように、見張りが立てる場所をつけていただくことは可能でしょうか？」

「なるほど……護衛としての視点か。面白いね。取り入れよう」

グレン様はそう答えるとミカさんにペンを渡して、ツリーハウスの周囲にバルコニーを描いてもらった。

護衛の騎士たちも含めて、みんなで設計図を覗き込む。

「ひとまず、これで完成にしますね？」

そう尋ねると、みんな一斉に頷いた。


設計図を何度も読み込み、頭の中で想像を膨らませる。

こんな木があったらいいな……。

そう思ったところでわたしはつぶやいた。

「設計図のようなツリーハウスの木の種を生み出します――【種子生成】」

ぽんっという軽い音がしたあと、コインの形をした種が現れた。

種の表には家が、裏には大きな木の絵が描かれている。

「鑑定結果だけど、名前はツリーハウスの種。植えるとツリーハウスのついた木が生える。木の幹を三三七拍子で叩くと朽ち、肥料になる。一代限りのもので、花は咲かないし実もできない……だそうだ」

グレン様はそう言ったあと、どこか遠くを見つめるような表情になった。

「あの……三三七拍子ってなんでしょうか？」

初めて聞く言葉だったので尋ねると、グレン様がわたしの手のひらを人差し指でトントンとつつき始めた。

三回つつくと一回分休み、また三回つつくと一回分休む。そして最後に七回つつく。

「このリズムが三三七拍子だよ」

「変わったリズムですね」

「遠い国のものなんだ。少し複雑で知る人が少ないものだから、誤って使ってツリーハウスの中にいる間に朽ちるってこともないだろうし、ちょうどいいね」

「たしかに、間違って使うようなリズムではないので、安心しました」

ホッとしたところで、周囲の視線がツリーハウスの種に集まっていることに気がついた。

精霊姿のエレは目をキラキラさせているし、ミカさんはすごい速さで尻尾が揺れている。

護衛の騎士たちはソワソワと落ち着かない様子……。

これって植えてみたいってこと……だよね？

「えっと、グレン様……試しに植えてみませんか？」

この種はお礼として渡すために考えたものだから、所有権はグレン様にあるはず。

そう思って尋ねると、グレン様は微笑みながら頷いた。

「ここまでみんなに期待されたら、試してみないわけにはいかないよね」

「やったーなのよ～！」

「植えるなら、休憩地から少し離れた……あのあたりがよかろう」

ミカさんとエレはそう言い、護衛の騎士たちは嬉しそうに頷いていた。


エレが示した場所までみんなで移動する。

「では、植えますね」

わたしはそう言うと、地面にコインの形をしたツリーハウスの種を落とした。

すると、コインの形をした種は、勝手に地面に埋まり、そして芽が出る。

芽が出たと思ったら、幹がどんどん育ち、瞬く間に大木へと育った。

そして、大木へと変わったあと、今度は半分の高さあたりから上の部分が膨らんでいく。

「ふ、膨らんでるのよ～？」

想定していた家の二倍くらいの大きさまで膨らむと、今度はしぼんで設計図どおりのバルコニーつきの箱型の家に変わった。

最後にバルコニーの端からツタのようなものが地面に向かって伸びて、階段になった。

「……こんな風に育つとは思っていませんでした……」

わたしのつぶやきに、その場にいた全員が強く頷いた。


ツタでできた階段が丈夫かどうか確かめている間に、精霊姿のエレがふわりと浮かび上がって、ツリーハウスの窓から中を覗き始めた。

「我の目がおかしくなったのだろうか」

そんなつぶやきが聞こえてくる。

気になるので、グレン様、わたし、ミカさんの順番で階段を上り、エレと同じように窓から中を覗き込む。

ツリーハウスの中は、想像していたとおりの板張りのシンプルな家で、王立研究所のわたしの部屋と同じかそれ以上に広かった。

これだけ広かったら、キッチンや煙突だけでなく、ソファーやローテーブル、護衛の騎士や御者のおじさんが寝るための部屋も用意できるかもしれない。

そんなことを思っていたら、ミカさんが叫んだ。

「な、な、なんなのよ～!?　外見とツリーハウスの中の広さが一致しないのよ～！」

そういえば、設計図ではベッドを四つ並べたくらいの大きさの外見にしていた。

内装はまずは何も置かないことにしたので、特に決めていない。

「とりあえず、中に入ってみよう」

グレン様の言葉に頷くと、ツリーハウスの扉を開けた。

中は窓から見たとおりにとても広かった。

「やっぱり広いね……」

グレン様は顎に手を当て、興味深げにあちこち見つめている。

「これだけ広ければ、野営が楽であろう」

精霊姿のエレは浮いたまま、端から端まで行ったり来たりと忙しない。

ミカさんは……入り口で立ち止まったまま動かなかった。

「魔力を多く消費して詳細に鑑定してみたけど、アイテムボックスのように空間を操作して作られているらしい」

グレン様はそう言うとツリーハウスの天井や床、バルコニーなどに視線を戻した。

「ハッ……驚いている場合じゃないのよ～！　どこに何を置くか考えるのよ～」

ミカさんはそう言うと部屋の中に入り、わたしの隣に立った。

「王立研究所のチェルシーちゃんの部屋みたいにするなら、ここにソファーとローテーブルを置くのよ～」

「それなら、キッチンはこのあたりになりますね」

入って左壁を指しながらそう言うと、ミカさんが頷いた。

さらに奥に進んだところで立ち止まる。

「ここにダイニングテーブルと椅子があって、あっちにはベッドを置くことになりますね」

天蓋つきの大きくてかわいらしいベッドを思い出しながら、そう告げる。

「こうやってどんな部屋にしようって考えるのって楽しいんですね」

「ワクワクするのよ～！」

そこからミカさんと二人で、宿の部屋風にするならどんな家具を置くか、野営で使うならどんな物を置くかなど、楽しく話し合った。

ある程度、ツリーハウスの中を見て回ったところで、出発の時間になった。

全員でツリーハウスの木の根元に集まる。

「悪用されないためにツリーハウスを壊すよ」

グレン様はそう言うと、幹をノックするように三三七拍子のリズムでコンコンと叩いた。

あっという間にツリーハウスが砂のようにザーッと崩れて肥料へと変わっていく。

大きかったこともあって、土煙が勢いよく舞い、気づけば全員汚れていた。

わたしは慌てて、みんなに《清潔（クリーン）》の魔術を掛けていく。

教わっておいて、本当によかった……！


全員に《清潔（クリーン）》の魔術を掛け、ホッとしているとグレン様が近づいてきた。

「こんな面白い種ができるとは思っていなかったよ」

グレン様はとても楽しそうな表情でそうつぶやいた。

「魔術を教えていただいたお礼になりましたか？」

そう尋ねれば、グレン様は満面の笑みを浮かべて、わたしの背中をぽんぽんと撫（な）でた。

「願ったとおりの種を生み出すことはチェルシーにしかできないから、十分お礼になっているよ。

ありがとう」

お礼をしたはずなのに、お礼を言われるなんて……。

なんだかくすぐったい気持ちになった。

あとがき

お久しぶりです、みりぐらむです。

「二度と家には帰りません！」四巻をお買い上げいただき、ありがとうございます！

今回はチェルシーたちが住むクロノワイズ王国を離れ、西隣のラデュエル帝国を経由して、マーテック共和国へ向かう話になっています。

見どころは、二つ！

ひとつはチェルシーのスキル乱舞ですね！

過去の抑圧から解放され自分の願いを叶えてもいいと思えるようになったこと、自由な発想ができるようになったこと、ストッパーがいないこと……このあたりの条件がそろったので、アレとかアレとかの種を生み出しちゃいました（笑）。

作者としてもチェルシーには、できるかぎり楽しく過ごしてほしいなぁと思っています。

もうひとつは、爆発シーンでしょう！

プロットでは爆発させるつもりはなかったのに、気づけばあんなことに……。

このシーンを挿絵にしたいと担当編集さんに伝えたところ、シュールになるのでは？　ということで見送りになりそうだったのですが……。

『コメディ風のチェルシーとグレンの姿が見たい！』という作者のワガママにより、挿絵にしてもらいました。

想像以上にかわいらしいキャラたちで、ニヤニヤが止まりません。


さて、いつものようにお礼を述べさせてください。

まずは、無茶（むちゃ）なオーダーに応えてくださったイラスト担当のゆき哉先生。

いつも温かく見守ってくださる担当Yさん、営業さん、校正さん、デザイナーさん、印刷所のみなさん、『にどかえ』を置いてくださっている本屋さん。

それから、相談するたびに水分を摂（と）っているか確認してくれるRさん、行き詰まったときにアイデアをくれるMさん。

この本を手に取り、読んでくださっているみなさん。

本当にありがとうございます！


この本にかかわったすべてのみなさんが、健康に過ごせますように！

みりぐらむ

二度と家には帰りません！ ④

発行　2021年11月25日　初版第一刷発行

著者　みりぐらむ

イラスト　ゆき哉

発行者　永田勝治

発行所　株式会社オーバーラップ
〒141-0031
東京都品川区西五反田8-1-5

校正・DTP　株式会社鷗来堂

印刷・製本　大日本印刷株式会社

ISBN　978-4-8240-0049-1 C0093

【オーバーラップ　カスタマーサポート】
電話　03-6219-0850
受付時間　10時～18時（土日祝日をのぞく）

作品のご感想、ファンレターをお待ちしています

あて先：〒141-0031　東京都品川区西五反田8-1-5 五反田光和ビル4階　オーバーラップ編集部
「みりぐらむ」先生係／「ゆき哉」先生係

スマホ、PCからWEBアンケートにご協力ください

アンケートにご協力いただいた方には、下記スペシャルコンテンツをプレゼントします。
★本書イラストの「無料壁紙」　★毎月10名様に抽選で「図書カード（1000円分）」

公式HPもしくは左記の二次元バーコードまたはURLよりアクセスしてください。
▶ **https://over-lap.co.jp/824000491**
※スマートフォンとPCからのアクセスにのみ対応しております。
※サイトへのアクセスや登録時に発生する通信費等はご負担ください。

オーバーラップノベルスｆ公式HP ▶ **https://over-lap.co.jp/lnv/**

コミックスシリーズも
大好評発売中!
漫画 × 遊喜じろう
原作 × みりぐらむ
キャラクター原案 × ゆき哉
二度と家には帰りません!
Nido to ie niha kaerimasen!
GARDO COMICS

不遇だった
令嬢が——
いた…っ
ズキズキ…
ごはんを
食べようと思って…
それで残飯を
漁ってたって
わけ？
あぁ意地汚い
意地汚い
寄らないで
匂いが移るわ

希少スキルに目覚めて
人生逆転!?
あんたが
新種のスキルに
目覚めた
女の子っすね!?
ふえっ
君を王立研究所に
お招きするというのは
どうかな

雨川透子
ILLUST. 八美☆わん
過去の人生で得たスキルを思いっきり発揮します！
コミックガルドにて
コミカライズ連載中！
ループ7回目の悪役令嬢は、
元敵国で自由気ままな
花嫁生活を満喫する
20歳で命を落としては婚約破棄の瞬間に
ループしてしまう公爵令嬢リーシェ。
7回目の人生は、過去の人生でリーシェを殺した皇太子アルノルトの
元へ嫁ぐことになってしまい……!?
長生きごろごろ生活のため、
過去人生の職業スキルを発揮して生き延びます！
OVERLAP NOVELS f

王太子に婚約破棄された
公爵令嬢と結婚!?
ルベリア王国物語
～従弟の尻拭いをさせられる羽目になった～
紫音
イラスト：凪かすみ
第6回
オーバーラップ
WEB小説大賞
【大賞】受賞！
王族の血を引きながらも近衛隊に所属するアルヴィスは、突如国王陛下の呼び出しを受け、
公爵令嬢エリナとの婚約を告げられる。エリナは王太子の婚約者だったのだが、
実は彼女が一方的に婚約破棄されたと発覚。アルヴィスは王族に戻ることに……!?
OVERLAP NOVELS f